MIURA AYAKO LITERATURE MUSEUM
三浦綾子記念文学館

手から手へ～三浦綾子記念文学館復刊シリーズ⑪

の梯子

三浦綾子

表紙デザイン　齋藤玄輔

第一章　祈りの姿

第一章　祈りの姿

あなたは祈る時、自分のへやにはいり、戸を閉じて、隠れた所においでになるあなたの父に祈りなさい。

「マタイによる福音書」第六章六節

いかなる時、人は最も美しいといえるだろうか。

額に汗して、一心に働く姿も美しい。みどり児を抱く母も美しい。老人をいたわっている若者も美しい。

が、私は今、小学校六年生の頃に読んだ一つの場面を思い出す。その小説の題名も作者も忘れた。それは確か、天草の乱の物語であった。十七歳の天草四郎の前に、美しい女が二人現れる。一人は媚態あふるる妖艶な女性、一人はその正反対の女性であった。天草四郎がひかれたのは後者であった。

なぜ天草四郎は後者に惹《ひ》かれたか。それは夕日の野で、静かに祈る彼女の姿を見たからである。その、祈る女性の姿に犯しがたい気品と清らかさを見て、深い感動を与えられたからである。

この小説を読んでしばらくの間、私は自分もまたその女性を見たかのような錯覚さえ覚えたものであった。人が祈る姿とは、そんなにも美しいものだろうか。私はそうした、人を感動させるほどの祈りの境地に、少女らしい憧憬を抱いたものであった。

祈り！　しかし、果たして祈りは、そんなにも人の心に迫る美しさを持っているものかどうか、私は次第に疑いを持つようになっていった。

私は軍国主義時代の女学生として、度々神社参拝に引率されて行った。全校生徒千人余りが、神社の境内に整列し、

「礼！」

という号令によって、一せいに頭を下げた。その頭を下げる時、私たち生徒の胸に一体何が浮かんだことであろう。只号令に合わせて頭を下げるだけで、胸に

は何も浮かばなかったのではなかったか。人に号令をかけられて頭を下げることと「祈り」とは、もともと何の関わりもない姿に思われる。

第一私たち少女は、何に向かって頭を下げているのかさえ、わからなかった。幼い時から、鳥居の前を通る時は頭を下げた。そのように躾《しつ》けられて来た私たちだった。少女のみならず、そこに何がまつられているか、何を神としているか、突きつめて考えたことのないのが、一般の人の実態ではなかったろうか。

号令をかけている教師のほうでも「神とは何か」を尋ねられたなら、答え得る者はほとんどなかったのではないか。号令をかけるほうも、かけられるほうも、祈りの対象が何者かもわからずにいたというのが、真相であったろう。

ところで、日本の家庭には、大ていの家に神棚と仏壇がある。今の若い人たちは、神棚をまつることはしないかも知れないが、とにかく神棚と仏壇のない家は、以前にはほとんどなかった。

この神棚や仏壇に向かって、私も子供の頃朝夕手を合わさせられたものであった。が、この時もまた神社と同様、何に向かって祈っているのか、さだかではなかった。大人だって、本気で神棚の上に神さまが乗っかっているとは、決して思ってはいない筈だった。只、神棚をおくことによって、家庭の一劃に神聖なふんいきを持つ場所を作っているに過ぎないようであった。そこに飾られた、只印刷されただけのお札《ふだ》なるものを、本気で神体と考えた人が果たしてどれほどいただろうか。

いや、意外と人間には妙な弱みがある。たとえ印刷された只の札であろうと、それは何となく神らしき、尊いものと思いこむところが、私たち日本人にはあるのかも知れない。

「粗末に扱うと、罰《ばち》が当たる」

大ていの人は、意外とそう本気に思うものである。

実は神なるものの本体を知ってはいないのだ。だからこそお札をまつって拝むわけで、根本のところで曖昧になってしまうのは当然なのだ。本当に神がいかなるお方か、神の前にいかにあるべきかを知っていたなら、もっと私たち日本人の生活は変わったものになったのではないだろうか。

映画や芝居で、やくざの親分の家や妓楼などに、立派な神棚がまつられてあるのをよく見かける。一体あの神棚に、何を毎日祈って、やくざ稼業や、女の血を

絞りとるような稼業をつづけていくというのだろう。恐らくそれは、

「家内安全、商売繁昌」

の祈りに過ぎないのではないか。人が困ろうが迷惑しようが、そんなことはかまわない。わが家のみ安泰で繁昌すればよいという祈り。そんな姿勢で祈る祈りを聞き上げる神がいるとしたら、大変なことである。

とはいえ、私たちの祈りのほとんどは、この「家内安全、商売繁昌」の祈りと、一体どれほどちがっていることであろうか。考えてみると、お互い心もとない限りである。


私たち人間は、一生の間に、少なくとも一度や二度、

「神よ、お助けください」

と、祈りたくなる時がある筈だ。

それはむろん、喜びの日々や順境の日々においてではなくて、苦しみや悲しみの時においてである。俗に「苦しい時の神頼み」というが、これが偽らざる人間の神に対する姿ではないだろうか。苦しい時だけ、辛い時だけ神棚の前に手を合

わせ、あるいは額をすりつけ、「どうかお助けください」と祈るのである。

私にもその覚えがある。女学校時代、弟が危篤の夜、病室の廊下に額をすりつけ、

「神さまどうかお助けください。弟をお助けください」

と涙ながらに祈ったものだった。私の父もこの時、廊下に這《は》いつくばって、ひたすら祈っていたのを知っている。だが、弟の病気がなおってからは、

「神さま、ありがとうございます」

と、お礼を申し上げた記憶は私にはない。人間は全く勝手なるものである。

しかし、もしこれが、神が如何なる方であり、まことに実在していると信じているならば、私たちは到底このような態度を神に対して取るわけにはいかないであろう。神が実在していると信ずるならば、もっともっと、日々神に対して、感謝や、お礼や、お導きを申し上げる筈だからである。

私が小説を書くようになってから、様々な方が金を借りに来るようになった。ふだんは手紙もよこさず、電話もかけて来ず、訪ねても来ないが、金の用事がある時だけ、訪ねて来るという人が何人かある。訪ねて来れば、即ち金の話なのである。これはまことに淋しい。

神に対する私たちも、「苦しい時の神頼み」だけでは、神にとって実に苦々しいことにちがいない。

私は昨年一杯、この『主婦の友』で「三浦綾子への手紙」の回答をさせていただいた。人々は実にたくさんの悩みを持っていた。そのお便りを見ながら私は、(もしこの人たちが、真《まこと》の神さえ信じていたなら)と、幾度思ったことであろう。真の神を信じ、神に祈ることを知っていたならば、その人たちの苦しみは、その人たちにもっとちがった意味をもたらしていたと思うのである。

そんなわけで私は、祈りについて書いてみたいと思うようになった。たとえ神を信じてはいなくても、神を信ずる者の祈りを知ったなら、きっとその祈りの対象である神が、次第にわかってくるのではないか。そうも思うようになったのである。

なぜなら「祈りは神との対話である」ともいわれているからである。祈りが神との対話であるとすれば、祈りを学ぶことによって、祈りの対話者である神も、おのずと見えてくると、私は思うのだ。神の前にある人間の祈りを知るならば、まだ神を知らぬ人も、神の前にあるあり方が、わかる筈なのだ。そう私は思ったのである。

で、この間、私は私の友人に、『朝の祈り夜の祈り』という祈りの本をプレゼントした。彼女は女手で、大きな国際的な仕事をし、たくさんの人々を使用している実業家である。教会に通ってはいないが、夜、眠る前のひと時、二十分間ほどは神の前に祈るという。そしてその祈りの時が、一日中で一番平安な時だという。その言葉に私は、キリスト者として感動を覚えた。クリスチャンと雖《いえど》も、一日に二十分間、心静かに神との対話を持つ人は、それほど多いとは思えない。三度の食膳の祈り、夜眠る前の祈り、それぞれ簡単に終わっていることが多いのではないかと思う。だから、信者でない彼女が一日に二十分間祈るということは、私には非常に大きなことに思われた。その彼女に私は、祈りの本を通して、更に深く神を知ってほしいと思ったのである。

私はこれから、日常の祈り、そして様々な問題に遭遇した場合の祈りを、一年間書いてみたいと思う。一年間も、祈りについて連載するネタがあるのかと、人々は思うかも知れない。「家内安全、商売繁昌」的な祈りしか知らない人には、確

かにそういう疑問は湧くだろう。しかし、キリスト教では、
「祈りは信者の呼吸である」
といわれている。祈りが如何なるものか知っている人には、四百字詰の原稿用紙、僅か百八十枚で、祈りについて書き終えることができるだろうかと、むしろ不安に思われることであろう。

私は実は、自分自身もまた、如何に祈るべきかを、決してよくわかってはいないと思っている。洗礼を受けてから二十四年、毎日祈って来た筈だが、本当はどれほどもわかってはいない。だから、これを機会に、私もまた共に祈りを学びたいと思っているのである。

ところで、人は朝目覚めた時、一体何を神に祈るであろう。その人がもし、自分自身も家族も健康で、経済的にも、人間関係の上にも、何の不安も問題もないとする。即ちすべて満ち足りているとする。

そんな時、あなたは一体何と神の前に祈るだろうか。ここで静かに、自分自身に問うていただきたいのである。

先ほど私が友人にプレゼントした『朝の祈り夜の祈り』（ジ・ベーリー著、新

見宏訳、日本基督教団出版局刊）の第一頁から、朝の祈りの言葉を紹介してみたいと思う。

〈わが魂の永遠の父よ。

この日、わたしの心にうかぶはじめの思いが、あなたを思うものでありますように。また、先ずあなたを礼拝することを思いつき、はじめて口に出す言葉が、あなたの御名《みな》であり、最初の行ないが、ひざまずいてあなたに祈ることでありますように。

（中略）

けれども、この朝の祈りを唱えた時、もう礼拝を終えたとして、残る一日、あなたを忘れることがありませんように。むしろこの静かな時から、光と喜びと力とが生まれ、残るすべての時間もわたしの心にとどまり、わたしの思いを純潔に保ち、わたしの言葉をおだやかに、また真実に保ち、わたしの仕事を忠実に勤勉に努め、自ら高ぶることなく、人々に接しては尊敬と寛容とを保ち、過ぎ去った日のとおとい思い出を重んじ、あなたの子としての、とこしえのさだめをつねに思わせてください。（後略）〉

これをお読みになって、あなたはいかが思われたことであろうか。ここには、「苦しい時の神頼み」はもちろんのこと、「家内安全、商売繁昌」の利己的な思いは、つゆほどもないといえる。こうした祈りを祈る人の姿こそ、確かに、天草四郎が心打たれた祈りの姿ではないだろうか。

なぜこのように祈り得るか。それは、祈る対象が人格を持った神だからである。印刷された一枚のお札でもなく、死んだ者を神としてまつり上げた存在でもないからだ。限りなく清く、限りなく豊かな愛の、そして全く正しい聖なる神が、祈りの対象だからだ。

前述したように、祈りは神との対話である。私たちは、人間同志対話する時でさえ、対話する相手によって、自分の中から様々なものが引き出されるものである。小意地の悪い人と対話をしていると、こちらの心も歪《ゆが》みそうになるが、おだやかな人と話をしていると、こちらの気持ちも素直になる。寛大な人と話をしていると、心素直に伸び伸びとした思いになるし、無邪気な子供と話をしていると、こちらも童心が、引き出される。

というわけで、神との対話である祈りもまた、知らず知らずのうちに私たちみにくい人間をも、高め清めてくれるのである。

さて、祈る時、私たちは先ず、神なる方が、どんなお方であるかを思い浮かべ、その方が私たちに、どんな祈りを求めていられるかを、静かに問うてみることから始めると、いいと思う。

祈る姿は、必ずしも決まってはいない。寝たっきりの病者は寝たままでいいし、健康人は立ったままでも、正座してでも、それは自由である。只、神の前に静かに対座しているならば、外に現れた形は問わない。ある時は歩きながら、または仕事をしながら祈ることもある。

祈る対象は、あくまでもこの世を造り給うた全能の神でなければならない。日本には至る所に、人をまつった神社がある。狐や馬をまつった社寺まであるのだから、祈る対象は厳然と区別していなければならない。人間の死者がまつられた神社は、神と誤りやすいから特に注意して、祈る対象としないことである。真の神は唯一なのであるから。

ある棟梁がこんなことを言っていた。

「あっしはねえ、仏罰だの、先祖の祟《たた》りだのってえのは、どうもわかんねえんですよ。みんな親不孝なことばっかりしていて、誰も彼もご先祖に祟られるような者ばっかりなのに、結構祟られもしない。と思えば、ご先祖が、子孫を守ってくれるんなら、どの家もさぞかし栄えるだろうと思うのに、それほどでもない」

確かにそのとおりなのだが、私たち日本人は、根強く死者の祟《たた》りを恐れる余り、まちがった信仰を持ちやすいので、私はくどくどと、はじめにこのように申し上げておくわけである。

天地を創造された神はまた、イエス・キリストの父なる神である。これから述べる祈りは、すべてそのイエス・キリストの父なる神に向かっての祈りであることを知っていただきたい。

前述したように日々の祈りのほかに、絶望した時の祈り、過失を犯した時の祈り、夫婦関係が危機におちいった時の祈り、病気の時の祈り、失恋した時の祈り、結婚の時の祈り、順境にある時の祈り、死の時の祈りなど、順次述べて行きたいと思う。何らかの力になれば、幸いである。

第二章　神との対話

第二章　神との対話

あなたがたの父なる神は、求めない先から、あなたがたに必要なものはご存じなのである。

「マタイによる福音書」第六章八節

祈るということは、神との対話であるから、本当は人と話をするようにすればよいのである。だがそれは、祈ったことのない人にとっては、やはりたやすいことではない。いや、幾度も祈っている信者たちにとっても、それはたやすいことではない。

というのは、神の前に、唯一人で祈るという境地になかなかなれないからだ。自分が今話しかけようとしている相手が、この世をつくり、自分を愛し、そして総《すべ》てをご存じの方だという実感がなければ、到底祈れるものではない。

しかも、その祈りを神は必ず聞いていてくださって、一番良い答えを与えてくださるのだという確信がなければ、祈りは独り言に終わる。信じ切っていなければ、到底祈れない。だから、祈りはむずかしいのである。だが、神が聞いていてくださるという確信さえあれば、心は素直になる筈である。

祈りは毎日、朝に夕に、また、随時祈るようにするのが、大切ではないかと思う。ふだん祈りつけていないと、いざ何か問題が起きた時に祈ろうとしても、正しく祈ることはできない。

「神様、助けてください」

とか、

「神よ、病気をなおしてください」

とか、単なる利益を求める祈りしかできなくなる。祈りの勘所がわからないからだ。

私たちは、ふだんおつきあいしていない人に、いきなり相談や頼みごとをしに行けるだろうか。ちょっとそれはむずかしいのではないか。朝晩顔を合わせてもお辞儀一つしなかった相手に、いきなり深刻な話を持ちこめる筈がない。

むろん、私のように小説を書く者のところには、毎日のように相談の手紙が来るし、突然訪ねて来る人もいる。ある青年は、人間が信じられなくて、親兄弟とも口をきかない生活をしていた。それが私を訪ねて来て、自分の心情を語った。肉親とも口をききたくないのに、どうして私に口をきけるのか、ふしぎに思って聞いたら、彼はいった。

「三浦さんの本は、何冊も読んでいるから、家の者より、心がよくわかるんです」

私としては、初対面の青年だったが、彼としては、本をとおして私と対話していたのである。

それはともかく、相手を知り、相手といつもつきあっていなければ、物事の相談をできないということは当然である。で、問題があろうとなかろうと、毎日祈ることをおすすめしたいのである。

さて、先ず朝の祈りである。私たち夫婦の場合、朝起きると、旧約聖書を三章読み、新約聖書を一章読む。聖書を読むのは、神が私たち人間に何を求めていられるかを知るためであり、今日の一日の導きを与えられたいからである。そして、聖書を読んだあと、三浦が祈るわけだが、この祈りをすべてご披露するには、あまりに祈りは長過ぎるので、抄出することにしよう。

「眠りというふしぎな時を与えられ、今日もあなたの御守りのうちに、無事に目を覚ましたことを感謝申し上げます。私たち人間に眠りをお与えくださった神さまの御業を讃《たた》えます。」

という感謝の言葉から始まることもあるし、また、

「今日も新しい朝と新しい思いを与えられましたことを、心から感謝いたします」

と祈ることもある。先ず神に感謝すべきことを探すのである。人間というものは悲しい者で、いつもあふれるほどに感謝しているわけにはいかない。五体が満足で、病気もせずに、何の事故もなく朝を迎えても、何か一つ心にかかることがあると、不機嫌だということもある。だがそうした時でも、感謝すべきことを探せば、それはたくさんあるのである。

天気のよいことを感謝する信者がよくあるが、それも確かに感謝すべき大きなことである。家族が無事なこと、祈る気持ちになれたこと、一晩無事に命を保ち得たということ、感謝すべきことは、幾らもある筈である。

考えてみると、私たち人間同志でもそうではないか。向こうから知人が来た時、私たちは一番先に何を思うだろうか。あの人に感謝すべきことを忘れてはいないか、お礼を述べることを忘れてはいないか、ということではないだろうか。

「先日は、わざわざお訪ねいただきました」

「お便りありがとうございました」

「あの件では、いろいろとご心配いただきまして」

「いつもご親切に……」

などなど、お礼をいうのが当然の礼儀というものであろう。ところが、ついうっかり、すぱっと忘れていることが、お互いにあるものだ。

「その後、お兄さんのご病気は如何《いかが》ですか」

と聞かれてから、

（そうだ！　この人からお見舞いの電話をいただいていたのだ）

と気がついたり、

「お口に合いましたでしょうか」

と尋ねられてから、

（あっ！　この間いただき物をしていたのだ）

　などと気がつくことがあって、顔から火の出る思いになったりする。

　まして、祈りの対象は全能の神である。この神から受けている恩恵というものは、全く数え切れないものだ。夜寝て、朝目が覚めるということも、人々は至極当然のように思っている。だが、このことだけでも考えれば考えるほど、それは決して当然のことではない。

　過去において私は、安眠を妨げられたことが幾度もある。夜中の三時頃電話がかかって来て、出てみると、それは叔父の死を告げる電話であった。またある夜は、消防車のけたたましいサイレンの音に叩き起こされたこともある。またある夜は、奇妙な物音に目を覚ましたが、それは正に、家に入ろうとする泥棒の立てる音であった。またある夜は、三浦の看病のために一睡もしないということが、幾度もあった。その他、酔っ払いの電話で起こされたことも、幾度となくあるし、路上で激しく言い争う男たちの声に、眠りを破られたこともある。私の同僚は、眠っているうちに、突如心臓発作で亡くなった。

　私たちが一夜ぐっすり眠って気持ちよく目覚めるためには、実に多くの条件がとのわなくてはならないのだ。自分自身の健康もよくなければならない。ちょっと歯が痛くても、ちょっと腹をこわしても、眠られないではないか。ぐっすり眠れるということは、当たり前のことではないのである。

第一、眠りそのものが、どんなに神秘的なものか、それを私たちは改めて思わなければならないように思う。とにかく、眠りについてだけでも、感謝すべきことが何と多いことだろう。

感謝を捧げたあと、私たちはざんげの祈りを捧げる。ざんげするようなことは、何もないと、つい私たち人間は思って生きている。が、私たちは、人にも神にも、ずいぶんあやまらなければならぬものを持って生きている存在ではないだろうか。

神の前にざんげすべき第一のことは、神の前に出るにふさわしくない人間であるということであろう。私たちの心は、本当に自分中心で、人をねたみ、恨み、憎み、一日として人を責めない日のない、情けない状態にあるのではないだろうか。

自分のきょうだいが、自分より月給の多いことさえ、ねたむ話を聞いたことがあるが、それが他人であれば、尚更のことかも知れない。人の喜びを自分の喜びとすることなど、到底できないのが私たち人間の心である。ましてや同僚が自分より昇進が早かったり、弟が兄より出世が早かったりすると、それがまた争いの種になることもある。

一方、昇進の早い者は早い者で、他の者が能なしに見えたり、馬鹿に見えたりしてこれを蔑《さげす》み、自分ほど偉い者はないように錯覚してしまう。喜ぶべき状態からすら、みにくさが発生するのだ。

そのほか、夫婦仲が悪い、親子の関係が歪《ゆが》んでいるなどなど、そのよってくる所はみな、お互いに自己中心の思いから始まっている。実際の話、人間はみなざんげする事柄に満ちている存在なのだ。ところで、私たちが今祈りを捧げようとしている神は、どんな方なのか。その方は、全き聖なる方で、且《か》つ全く正しく、深い愛の方なのである。

もし私たち人間が、清らかに拭き清められた家に、全身泥まみれで入って行かなければならないとしたら、どうであろう。

「すみません、こんな姿で……」

と、平身低頭する筈である。

神の清らかさがわからないと、自分のみにくさがわからない。逆に、自分のみにくさがわかると、神の清らかさがわかるともいう。ざんげは、このみにくさを神の前に詫びることである。では、どのようにざんげの祈りをすべきであろうか。

「汚れたわたしをお許しください」

と単にそれだけ祈ることもよい。が、本当はもっと具体的に祈るほうがいいと思う。

この間私は、祈り会で一人の若い姉妹の祈りを聞いて、心を打たれた。

「神さま、どうかお許しください。わたしは今日ある人に、弱い者いじめをするなといわれました。わたしは友人とふざけているつもりでしたが、他の人には弱い者いじめに映る行為でした。もっと相手の立場に立って、思いやりを持った生き方のできるよう、お導きください」

というような祈りであった。

このように、ざんげすべきことを具体的に神に申し上げるということも、決して容易なことではない。たとえそれが、自分一人の時であっても、たやすいことではない。

「今日わたしは、姑を憎みました。それは、掃除の仕方が悪くて注意されたからです。どうか、これからは素直に忠告を受けることができますように、導いてください。姑に対して、心あたたかい言葉をかけ得る人間にしてください」

とか、

「隣家の奥さんに対して、嫉妬心を持ったことをお許しください。わたしは、夫が奥さんのセンスをほめたことに、腹立たしい思いを抱きました。センスのよい人はよいと、わたしも心からほめ得る人にしてください」

などと、自分の弱さ、みにくさを口に出すことは、耐え難いことなのである。だがその耐え難さを乗り越えて、具体的にざんげしていると、自分の姿を公平に見ることができるようになる。自分の弱さ、おろかさが、どういう時にどのように現れるかが、次第に明白になってくる。

とにかくこうして、朝夕神の前にざんげすることは、朝夕洗顔するのに似ている。顔を洗う以上、心も洗って一日を出発することは、すがすがしいことの筈である。そして、新たな力を与えられることなのである。

次に、私たち夫婦は、神に求めの祈りをする。わが家の場合、先ず仕事のために祈る。

「与えられたこの仕事を通して、聖なる神の御名《みな》が讃《たた》えられるものとなりますように。これから書き現すひとつひとつが、どうか読む方の力となりますように。現実の世界は苦難に満ちております。どうか、苦しみの中にある人に、あなたの光が与えられますように、弱い私たちの働きにも、必要な力と知恵をお与えください。私たちに、この仕事が与えられていることの意味を、正しく知ることのできるよう、常に心の目をひらかせてください」

というような言葉で祈りはじめる。むろん、祈る言葉は毎日ちがうが、仕事をはじめるに当たっての祈りは、大体このようなものである。人によっては、危険な職務を持つ人もあろうし、単調な仕事に、やや退屈を覚えている人もいるかも知れない。その人その人の仕事によって、祈りの言葉はそれぞれにちがうであろう。家庭の主婦は主婦で、職業を持った人とは、またちがった責任を与えられている。また老人や病人は、いわゆる仕事はないかも知れないが、今日一日を過ごすために、自覚しなければならない使命はある筈である。わたしが病気の時は、

「この私の病気が、私の生涯にとって、必要欠くべからざるものであるということを、感謝をもって受けとめることのできますように、力をお与えください。苦しみや退屈に耐える力を与えて、このベッドを、自分に与えられた教室として、今日の日を過ごすことができますように。御心《みこころ》ならば、病むことを通して、人々にキリストの恵みを伝えることができますように」

というのが基調であった。

「私は主婦として、今日一日この家庭を守る使命を与えられました。毎日同じことの繰り返しの中で、ともすれば生活が惰性に流されようとしますが、昨日より今日を、更に深く、よく生きることのできますように、導いてください。家事の一つ一つを通して、そこに心地よく住むことのできる、家庭へのあたたかい配慮や、深い心遣いを培《つちか》うことができますように。またそこに、生きることの深い意味を発見することができますように」

主婦はこのように祈ることもできるであろう。

今、私は、全く問題のない時の祈りを記していっているわけだが、自らの家庭に格別の問題はなくても、祈るべきことはたくさんあるのである。私たち夫婦は、親、兄弟、親戚、友人、恩人、知人、隣人、牧師たち、出版社関係、挿絵の先生、日本の政治及び政治家等々、二百名を超える人々のために、毎日祈っている。これはかなり時間を要することだが、考えてみると、この祈りが、人々との交際中で、最も根本的なことかも知れないと思う。

祈られている人々は、私たちが毎日、その人のために、神に祈っているとは、想像もしたことがないかも知れない。が、とにかく三百六十五日、こうして人々の名前を口にし、祈るということは、本当の意味の交際のように思われる。

友人が入院すれば見舞いに行く、というのは誰でもするが、健康な時も病気の時も、その人のために必要な祈りを捧げつづけるということは、割合人のしないことかも知れない。

私が風邪をひいた時、祈っていてくれた近所の幼子が、なおった私の姿を見て、大喜びで喜んでくれたことを、私はいつも思い出す。人のために祈ることは、喜びも悲しみも、共にすることだと言えるであろう。

さて私たちは今、ノートを開いて、祈ってあげたい人々の名を書きつけてみようではないか。そこからまた、新しい生活が始まると言えないだろうか。

第二章　父なる神

第三章　父なる神

あなたがたに言うが、なんでも祈り求めることは、すでにかなえられたと信じなさい。

「マルコによる福音書」第一一章二四節

前章の終わりに、私は、ノートを開いて、祈ってあげたい人々の名を記そうと書いた。相手の知らない所で、その人のために祈るということが、真実に人と関わろうとする者の姿ではないかとも書いた。

祈りのノートに、書くべき名を私たちはどのくらい持っていることだろう。自分のこと、家族のこと、それだけにとどまっていてはあまりにも狭い中に生きていることになる。どのくらい自分は人々のために祈るか、それが即ち、どれだけ多くの人に関心を持っているかということになる。

ところで、その一人一人の人間の持つ問題を、私たちは正確につかんでいるだろうか。夫にとって今、一体何が問題なのか。息子にとって、何が本当の悩みなのか。娘の最も願っているものは何なのか。同じ屋根の下に住んでいても、私たちは意外とそれを知らずに生きているのではないだろうか。

ましてや、赤の他人の悩みや願いごとなど、私たちは実際知る由もないのである。

私の知人は、ある朝目が覚めたところ、夫が布団の中にいなかった。トイレにでも行ったのだろうと気にもせずにいたが、何分経《た》っても帰って来ない。ようやく不審の念を持ったのは、三十分も過ぎてからだった。トイレに行ってみたが夫はいない。夫の背広も靴もなかった。そしてそのまま、夫は遂に帰って来ることがなかった。いまだに依然として行方不明だという。

どうして夫が突然いなくなったのか。一行の書き置きもなかったから、妻の彼女にもわかりようがなかった。そのわかりようもない彼女の所に、様々な情報が流れて来た。

曰《いわ》く、

「仕事に行き詰まりを感じていた」

曰《いわ》く、

「上司との仲がうまくいかなかった」

曰《いわ》く、

「ほかの女と深い仲になった」

などなど。どの情報も、彼女には心当たりのないことばかりだった。一つ屋根の下に住み、同じ釜の飯を食べ、枕を並べて寝ていても、人は何と孤独なものだろう。そしてまた、人は何と鈍感な者だろう。私たちは、相手が何を思っているか、わからずに生きていることが、意外に多いのではないか。

私たちは、しかし、何の問題もない日々においては、自分の気持ちは相手がよく知っていると思い、自分もまた相手の気持ちをよく知っていると思っている。だがその実、何も知っていないということが意外に多いのだ。

今述べた私の知人は言った。

「仕事に行き詰まったのならいい。上司とうまくいかなかったのなら許せる。しかし女ができたのなら、二度とこの家の敷居をまたがせない」

私にはその気持ちがよくわかるのである。妻たちにとって、一体夫の何が許せないか。むろん、酒癖が悪いとか、賭け事に凝《こ》って、経済的な不如意を来らせるとか、そうした欠点も許し難いものではあろう。だが、浮気は、それらよりももっと、妻たちを深い淵に突き落とすような酷いことではないだろうか。

私は、祈りのノートを作ろうと言った。その祈る相手と問題を書こうと言った。もし、夫の欄に、健康とか、仕事のことを書く妻たちはまだ幸せである。が、そこに、夫の女性問題を記さなければならないとしたら、私たちはそのことのために、どのように祈ることができるだろう。

今、ここで目を閉じて、共にそのことを考えてみたいと思う。実の話、夫に女性問題が起きたとしたら、世の妻たちは、祈るどころではないのではないか。学生時代どんなに優秀な成績を取っていた女性であっても、家事が堪能であっても、社会的に優れた仕事をしていても、一様に嫉妬心と絶望感に苛《さいな》まれるのではないだろうか。

私は他に書いたことがあるが、夫が癌《がん》を宣告されるより、夫の恋を告白されたほうが、妻たちはもっと深刻な打撃を受けるという。私自身、もし三浦に、そんな問題ができたなら、祈り得るかどうか、全く自信がないのである。只々夫の女性問題に、己を失って思い悩むだけであろう。これは恐らく誰しも同じであろう。

「こんなに尽くしてあげているのに」

「向こうの女のほうが私より歳上なのに」

「私のほうが美人なのに」

「いっそのこと、女の所に行って談判してやろうか」

「それとも私が飛び出してやろうか」

「いやいや、夫を殺して、自分も共に死んでやろうか」

などと、それからそれへ、朝から晩まで、晩から朝まで、繰り返し繰り返し思い悩む。夫の帰宅が少しでも遅ければ、あちこちに電話をかけて確かめてみたり、興信所を使って探ってみたり、相手の女に、こっそり夫のことを聞き出したり、知っている限りの人にその相談をしたり、まだ小学校に行かない子供にまで、

「あなたのお父ちゃんは悪い人なのよ」

などと愚痴ったりする。

そうした話を私はよく聞くのだが、私はそれを咎《とが》めることができない。私もまた同じことを言ったりしたりするだろうと思うからだ。

そう思う私が、そうした夫のために祈りましょうと言うのは、何か非常に心苦しくもある。しかし、私はあえて言う。

「祈りましょう。ご主人のために祈りましょう」と。

ところでパスカルは言った。

「人は一人で死なねばならないように、一人で生きなければならない」と。

人間が生きるということは、そうした甘えを許さぬきびしいことなのだ。自分の受けた傷は、自分が痛むより仕方がない。自分の傷を、人に対して、共に痛めと要求することはできない。

本当の話、人は非常に冷酷なものだ。どんなに私たちが痛いと喚《わめ》いてみても、他人はちっとも痛まないのだ。いや、何人かは同情する人もいないわけではないが、決して同じように痛んでくれはしない。いくら夫の浮気を訴えてみても、陰では、

「どこにでもある話さ、あそこのご主人ばかりが、浮気をしてるのじゃない。ガ

アガア騒ぐことはないよ」

と、嘲《あざわら》う人さえいるのである。

ちょっと話はそれるようだが、事の序《ついで》に言うならば、誰かがもう危篤だという話を聞いても、

「歳に不足はないさ」

とか、

「酒の飲みすぎだよ」

と、一言で片づける人の何と多いことか。自分の痛みなら、小指を怪我《けが》しただけでも痛い。だが、人の痛みなら三年でも辛抱するのが人間だ。

しかし私は知っている。唯一人、私たちの身心の痛みを共に感じてくださる方のいられることを。それが、イエス・キリストの父なる神なのである。二千年来、どれだけ多くの悩める人々が、このキリストの父なる神に祈って慰められて来たことか。そしてまた、私もその一人であった。本当に慰めてくださる方がいられることを知る故に、私は夫の浮気についても、あえて祈りましょうと発言するのである。

相手と別れるつもりなら別だが、一生を共にするつもりなら、やはり祈っていくより仕方がないのではないだろうか。いや、祈っていくことだけが、唯一の生き方ではないだろうか。

夫を責めたり、相手の女を責めたり、様々な想像の中で、自分を苦しめたりして生きていくことと、すべてをご存じの神に、祈り求めていく生活と、どちらを自分の生活にしたいと、私たちは思うだろうか。

人間は、たとえ牢獄に入れることはできても、その心まで縛ることはできない。自分の心がどうにもならないように、相手の心もまた、どうにもならないのである。女と手を切れと迫っても、言ったとおりになるとは決して限らない。向こうを向いている人を、こちらに向ける力は、人間にはないのである。

だが、聖書には、神は人の心を変え得ることが随所に書かれてある。いや書いてあるばかりでなく、二千年のキリスト教の歴史において、そのように神に心を変えられた事実は数え切れないのである。

たとえば、聖オーガスチンもその一人であった。オーガスチンは放蕩児であった。今でこそ、聖オーガスチンと尊ばれてはいるけれども、その放蕩の最中に、誰が彼を聖人とまでいわれるような人間になると信じたであろうか。恐らく誰一人、彼の放蕩がとまることを信じた者はなかったにちがいない。

いや、一人あった。それは彼の母親であった。母親の切なる祈りが、その陰にあった。母親だけは信じていたのである。いや、もしかしたら母親も、しばしば絶望しながら祈ったのかも知れない。とにかくこうして、放蕩児オーガスチンは聖オーガスチンに変わったのである。

聖書に出て来るパウロという大使徒も、キリスト教迫害の先頭に立っていた人物であった。それが後には、聖書に数々の書簡を書き残すほどの信仰の勇者と変わったのである。

考えてみると、何もオーガスチンやパウロに例を取るまでもなく、二千年の昔から、信者になった人々は、皆多かれ少なかれ、パウロやオーガスチンと同様に、その生きる姿勢を一八〇度転回した人ばかりである。私自身がそうであった。私を導いてくれた幼馴じみの前川正という青年は、しばしば私のことで途方に暮れ、その先輩に相談を持ちかけていたのだ。その先輩から前川正に宛てた手紙の中に、次のような言葉があった。

「あのような度し難い女性に、これ以上関わることはおやめなさい」

そう言われた私が、キリストの言葉を伝えたいばかりに物書きになるとは、既に世にない前川正の、全く想像もしなかったところであろう。

とにかく、二千年来、全世界に、全能の神を信ずるに至った多くの人々がある以上、浮気の夫もまた、変わり得る可能性がないと、誰が断言できるであろう。要は祈りつづけることである。確信を持って祈りつづけることである。私たち人間の小言や叱責では変わらなくても、祈りによって変わることは、数多くあるのである。

今私は、確信という言葉を使った。確信とは、しかと信ずるということである。これについて聖書にはこう書かれてある。

〈あなたがたに言うが、なんでも祈り求めることは、すでにかなえられたと信じなさい。そうすれば、そのとおりになるであろう〉

（「マルコによる福音書」第一一章二四節）

つまり、

「どうぞ夫が元の夫に返るように、お導きください」

と祈る時、もうその祈りがかなえられたと、確信しなさいというのである。むろんこれはむずかしいことだ。私たちは神に祈り求める時、あまりにも困難な状態の中にあって、祈っているものである。夫は女の所から帰らない。あるいは離婚の話さえほのめかす。妻の言葉には一切耳をかさないという状態の時に、自分の祈りが確かにかなえられると信ずることは、決してたやすいことではない。だが、信じて祈る以外に、祈りのかなえられる道はないのである。

(神なんて、いるだろうか。祈りなんて、独り言に過ぎないのではないだろうか)

もしそんな不確かな心で祈るならば、そんな祈りは神に達することはできない。ところで、私はこの頃、祈りというものは先ず自分自身を変えるものではないかと思っている。真《しん》に聖なる方の前にひざまずいて、一部始終を神に訴えてみよう。

「神よ、わたしは一心に夫を愛して来ましたのに、夫には女ができました。どうか夫の心を変えて、元に戻るようにしてください」

そして、具体的な夫の非行を神の前に述べてみる。ちょうど人の前に打ち明け話をするように。そうした祈りを、朝晩繰り返しているうちに、自分の祈りがどこかおかしいのに気づくにちがいない。

(果たして夫だけが悪いのだろうか。自分の態度の中に、夫を追いやるものがあったのではないか)

人間関係の中で、どちらかが全く一方的に悪いということは極めて少ない。むろん、どんなに妻が尽くしても、他の女に心を移すという夫はいる。そうであっても、妻自身の態度が百パーセントよいということはあり得ない。そこに気づくと祈りは変わってくる。

「神さま、もし私自身の中に、夫を追いやる冷たさや不誠実さがあったならば、どうぞそのことに気づかせてください。夫ばかりを責める気持ちから、自分自身を顧みる気持ちにならせてください」

このように祈りが変わるなら、それは既に自分自身が変わったということである。そこから更に祈りは別な形をとってくるだろう。

「考えてみますと、私は、夫を罪人でも見るような目で見ています。確かに、女に心を奪われている夫を淋しくは思いますが、どうかあたたかい心で迎える力を与えてください。喚《わめ》いたり、責めたり、嫉妬したりして自分を苦しめ、相手を苦しめたりするのではなく、少しでも、夫に快く対することのできる力を与えてください」

祈りはこのように、次第に自分を向上させていくものではないだろうか。そうした絶えざる祈りは、必ず神に聞かれて、夫もまた心豊かになった妻に対して、素直になり得るのではないだろうか。そしてまた、更に祈りは変わるにちがいない。

「私は、夫の愛する女性に対して、只憎しみを持っていました。どうかこの憎しみを消してください」

このような祈りすらでき得る人間になっていくのではないだろうか。

先ほど述べたマルコの福音書の言葉のあとに、キリストはこう言われている。

「また立って祈る時、誰かに対して恨み事があるならばゆるしてやりなさい」と。

誰かに恨みを抱きながら、神の前に出ることはできないのである。そのことも、祈っているうちに、私たちは知らされていくのである。

第四章　病めるときに

第四章　病めるときに

これらの人はみな、信仰をいだいて死んだ。まだ約束のものは受けていなかったが、はるかにそれを望み見て喜び、そして、地上では旅人であり寄留者であることを、自ら言いあらわした。

「ヘブル人への手紙」第一一章一三節

私たちが祈らずにはいられない時の一つに、病気の時があるのではないだろうか。「人は病の器」といわれるほどに、様々の病気になる可能性がある。ふだん健康な時には、何でも自分の力でやっていけるような自信に満たされているが、一旦病気になると、別人のように無気力になる。それが人間の正直な姿である。何かに書いたことがあると思うが、少し重い病気にかかると、ふだんどんなに鼻っ柱が強い人でも、また仕事のできる人でも、才能のある人でも、高い地位の人でも、金のある人でも、気の毒なほどに気弱になってしまう。見舞いに行って、祈りをするとたいていの人が涙ぐむ。到底、人の前に涙など見せまいと思われる男性でも、先ずほとんどの人が泣く。

それほど病気というものは、人の心を弱くし、不安におとしいれる。そしてそれは無理もないことだと、私は思う。なぜならば、病気の状態は死に近づいたことでもあるからだ。なおらなければ、そのまま死ななければならない。それが病気というものである。病気によっては、正にあいくちをのど元に突きつけられているようなものでもあるのだ。

いま、どんなに元気な人でも、明日癌《がん》の宣告を受けたなら、どんな心境になるか、考えただけでも、病人の不安焦燥は容易に想像できる。ただ、病名によって、それが強いか弱いかの差があるだけで、根本的には命を脅かされているという状態であることに変わりはない。

私も十三年間、療養生活をしたので、病人の気持ちはよくわかるような気がする。単に生命の危険を覚えるだけではなく、（それだけで打ちひしがれるほどの重圧だが）経済的な不安を持つ人もあろうし、学業が遅れることに、いら立ちを覚える人もあろう。

また病気によっては、婚期の遅れ、恋愛の破綻、離婚の憂き目など、残酷なまでの現実にさらされる。一家の主人が病気になって、経済的な不安を覚えない家はないし、長い病気のために、夫婦仲がこじれる例は、私もまたいやというほど見てきた。

このように、病気は病気そのものの不安に加えて、様々な大きな恐れを巻き起こす。そんな中にあって病人が、

（何としてでもなおりたい）

とねがって焦るのは、至極当然なのである。こうした時、私たちは一体、どう神に叫べばよいのであろう。どう祈ればよいのであろう。

「神よ、どうかこの病気をなおしてください」

という祈りだけで、果たしてよいのか。そのことを少し考えてみたい。

私が肺結核になったのは、昭和二十一年の春であった。療養所に入るや否や、ある宗教の布教師がやって来た。当時、肺結核には、特効薬がなかった。ストレ

プトマイシンや、パスやヒドラジッドが、一般の治療に用いられるようになったのは、数年後のことだったから、肺病はひどく嫌われていた。私の歌にも、

四年振りに聞く叔父の声暫しして
　吾を見舞はず帰り行きたり

という歌があるが、肺結核は人に嫌われる伝染性の強い病気だった。そんな私のところに、誰よりも先に、そして誰よりも足しげく見舞いに来てくれたその布教師のあたたかさはありがたかった。そしてその布教師は、

「肺病は、ハイハイと言わないから、かかるのだ」とか、

「色情の因縁が右の肺に、傲慢の因縁が左の肺にくる」

などと私に説いた。

私は、その時、若い男女で恋愛をしない人はないだろうし、どんな人間でも、傲慢に生まれついていない者はないから、これは誰の胸にも思いあたることだと思った。私は別段反発もせず、このようにして自分の罪に気づかせてゆこうとす

る巧みな布教に、一つの宗教のあり方を感じたりした。

しかしそれには、下手をすると、病んでいる者を、脅し責めるだけに終わりかねないおそれがあった。

また、後に私がキリスト教に入信したころ、ある熱烈な新興宗教の信者が、私の枕もとに来て言った。

「キリスト教のような邪教を信じていたら、なおる病気もなおりませんよ。わたしと同じ信仰に入ったら、必ず病気はなおる。○○の病気の人も、××の病気の人も、みんななおった」

と、執拗に入信をすすめた。私は、たとえ今すぐ死んでも、私の信仰は変えるわけにはいかないと言って帰ってもらったが、しかし多くの病人の中には、こうしたおどしすかしによって、入信する人も多いのである。

病気は確かになおりたい。それは切実なねがいだ。現実に七転八倒して苦しむ病気もあるし、毎日熱に苛《さいな》まれる病気もある。私も微熱、盗汗《ねあせ》、食欲不振、倦怠感などの中で、体重は計る度に軽くなっていった。時折血痰を出し、小さな喀血《かっけつ》もした。家族たちには、経済的に大きな負担をかけた。

だがやがて、私はキリスト教を求めはじめ、その祈りの中で、

「神よ、どうか、御心《みこころ》にかないますならばこの病気をお癒しください」

と、素朴に祈るようになった。そしてまた、信者たちや牧師が訪ねて来て、同様に私の病気がなおるように祈ってくれた。

その祈りは私に力を与えてくれたし、安らぎも与えてくれた。だが、そうして一年もたった頃であろうか。私はある日、ふっと疑問に思ったのである。（病気がなおるように、という祈りは、一体本当に自分にとって何よりも大事な祈りなのであろうか）

という疑問であった。

人間が病気になる。そしてなおる。としたら、病気というものは、いってみれば、なおって元々というだけのものではないだろうか。いささか極端ない い方かも知れないが、病気以前の自分に戻るだけなら、病気というものは、自分にとって、単にマイナスの期間があったというだけのことに、なるのではないだろうか。

私は折角病気になったのだ。肺病という大病になったのだ。この病気がもしな

おるだけなら、それはずいぶん無意味なことではないか。もしなおったとしても、私はいつかまた病気になり、そしていつか死ぬのだ。どんな人間でも、いつかは必ず死ぬ筈だ。私が病気になった以上、病人として考えなければならないのは、なおる努力をすると同時に「死について考える」ことではないのか。そして「死について考える」ことは、「生について考える」ということではないのか。

（折角病気になったのだ）

私は病人としての自分の生活を、根本的に見つめなおしたいと思うようになった。そして、聖書の中のヘブル人への手紙を読んでいて、ひどく心ひかれた言葉に出会った。それは次の言葉であった。

〈これらの人はみな、信仰をいだいて死んだ。まだ約束のものは受けていなかったが、はるかにそれを望み見て喜び、そして、地上では旅人であり寄留者であることを、自ら言いあらわした〉

（新約聖書「ヘブル人への手紙」第一一章一三節）

私はこの聖句を見出した時の、いいようもない羨望の思いを忘れることはできない。人は死ぬ。すべての人は死ぬ。必ず死ぬ。その死の時に、人は何を胸に抱いて死ぬだろう。病気が癒えなかったことの恨みか。他者への憎しみか。孤独の悲しみか。金銭への執着か。肉親への断ち難い愛着か。死への恐怖か。それとも神の真実に安らぐ望みか。

「信仰をいだいて死んだ」

何と羨むべきことであろう。私は切実にそう思った。なおるよりも先に、先ず信仰を持つことが先決ではないか。飢え渇くようにそう思った。なおるにもせよ、なおらぬにもせよ、先ず信仰を自分の胸に抱きたいと私は思った。

ある日、私の信仰の導き手が訪ねて来て、いつものように私の病気の癒しのために祈った時、私は言った。

「病気がなおることよりも、真の神を信ずることのできるように、祈ってください」

と。

私がこのような心境になったのは、結局は、自分自身も、私をとり巻く人も、祈りの主軸が癒しにあったからだ。くり返しくり返し祈るということは、前章にも書いたが、新たに自分の生き方を考えさせてくれるものである。

（こんな祈りをしていてもいいのか）

祈るうちに、必ずそのような疑問に突き当たるものだ。

こうして、やがて私は、自分の家のある旭川を離れて、札幌の医大病院に入院した。そして一年後に洗礼を受けたのだった。三十八度の熱がつづき、脊椎カリエスを併発して、病状の思わしくない日がつづいた時、私は不思議に平安であった。幾人かの患者を受け持つ病棟の付添婦が、私の面倒も見てくれた。ある時私は彼女に言ったものだった。

「もし私が、このまま危篤になっても、決して家の人には知らせないでね。死んでから知らせてちょうだい」

今考えても、あの時の私は、死の恐怖から放たれていたと思う。それは入信した喜びの故であっただろう。入信の喜びは、それほど大きなものであった。寝たっきりで、人に便器の世話をしてもらってはいても、私の第一の仕事は、友人にキリストを宣《の》べ伝えるという仕事であった。私はよく仰臥のままで葉書を書いた。一枚書くのに三日かかった。それがどんなにうれしかったか。病人がうれしくなれば、たとえ病気はなおっていなくても、もはやその病人は、病気に打ちひしがれる病人ではない。

世には、このように喜んでいる病人がたくさんいる。先年、主婦の友社から、『わが恵み汝に足れり』という詩歌集を出した水野源三氏などは、手足も動かず、口もきけない重症脳性麻痺の方だが、その人の詩や短歌を見たら、人はどんなに、人間の霊性の高まりに驚嘆することだろう。

また、ハンセン氏病にかかった人々の、呼吸しかできない重症の中で、信仰の故に喜んで生きている姿を見たならば、病人が先ず求めるべきものが何であるかを、いやでも知らされるにちがいない。

さてそれでは、病む人々は、どのような祈りを神に捧げたらよいのだろう。私は病気そのもののことを祈るよりも、自分自身の日々のあり方を、導いていただく祈りを、より多くすることが大切であると思う。

もともと人間は、誰しも自己中心な者だが、病気になるとその度が強くなる。家人を呼んで、すぐに来ないといらいらして怒ったり、病状が悪化すると、不安になって怒鳴ったり、周囲の者を咎《とが》め立てしたり、病人のまわりが、どうしても陰気になりやすい。そうした自分を見つめて、素直に神の前に祈ってみてはどうだろう。

「神よ、私は今日もいらいらとして、人に当たりちらしました。どうかそんな私を、周囲の人たちを思いやる人間に変えてください。どんな小さな心遣いにも、感謝の言葉を出すことのできるような、やさしさを与えてください。自分のために心配している人人に、心の明るくなるような言葉をかけ得る人間にしてください」

などと、自分の生活に即しての、最も必要だと思われることを神に祈り求めたら、よいのではないだろうか。

病気の時に、人のことなど思っていられるかと、言われるかも知れないが、病人でも人を笑わせるために冗談ばかり言っている人もあるし、身動きもできないのに人の相談にのってやり、いつも人に頼られる病人だっているのである。

病気で学校や職場を休まなければならないとしても、人間を休んでいるわけではない。いかに病気は「気を病む」といっても、体の病気を心にまで及ぼしてはならない。病床は自分に与えられた試練の場所である。自分を練り鍛える場所である。そう思って、積極的に自分という人間を、少しずつ変えていってみてはどうだろう。

自宅療養の人は、家人を慰め励まし、入院加療中の人は、周囲の病人、医師や看護婦のために祈る。それができないことは決してない。むろん、大変な苦しみの中にあっては、その余裕はないだろうが、しかしそんな中でも、たとえ口に出すことはできなくても、他者への思いやりを持つことはできる。

重症の肺結核患者だったある女性が、苦しみのあまり、廊下まで聞こえるような声で呻《うめ》いていたことがある。が彼女は、見舞いに行った療友に、

「ごめんね、うるさかったでしょ」

と、あやまったと聞いた。彼女はまもなく死んだが、その彼女の言葉は、その後どれほど多くの患者たちの襟を正させたか、わからない。そのような生き方を人はできるのである。

もし、病気が長引くだけでそれほど苦痛の伴わない人ならば、更に多くの人のために祈ることができると思う。同病の人のために、福祉政治のために、世界の平和のためにと、祈る課題は幾らもある。

ある癌《がん》の老人が、毎日二千人の人のために祈って、

「忙しい忙しい」と言っていた話を、私は聞いたことがある。

また、日本には「祈りの友の会」というのがあって、毎日午後三時には、全国各地において、病人たちが心を合わせて祈っているのである。この会の会長は西川賤《しずか》という方で、この人自身何十年もの闘病の勇士であり、そのメンバーたちの中には、今尚二十年三十年と臥《ね》たっきりの生活をしている人たちも少なくない。

とにかく、自分のことだけのために苦しみ悩みながら毎日を過ごす病人と、全国の人々と手を取り合いながら、励まし合い慰め合って、健康人のなし得ぬ高い喜びの場を、つくり出す病人のあり方もある。水野源三氏もこううたっている。

毎日忘れずに

手紙だけで　一度も会ったことがない
何年か前に　一度会っただけで
顔は忘れてしまったが
主《しゅ》（キリスト）に会ってからは
毎日忘れずに　一人々々の
ために祈る

まばたきしかできないような、臥《ね》たっきりの水野氏の詩なのである。

第五章　死について

第五章　死について

ただ、事ごとに、感謝をもって祈と願いとをささげ、あなたがたの求めるところを神に申し上げるがよい。

「ピリピ人への手紙」第四章六節

先日、受験勉強中の少女が、机によりかかったまま、疲労の果てに死んだニュースが、新聞に出ていた。その母は悲しみのあまり、少女の亡骸《なきがら》を抱きしめて、火葬場に運ぶことを拒んだと書かれてあった。

あの記事を見て、世の親たる者、人ごととは思えなかったにちがいない。その少女は恐らく、希望校を目ざして、来る日も来る日も、力の限りに勉強していたのであろう。たとえ苦しくても、入学できる日の喜びを思って、けなげにも耐えていたにちがいない。それが受験日を目前に、忽然として逝《い》ったのである。しかも机に向かったままで。

私たちは多かれ少なかれ、生きていく限り、愛する者の死に遭わずにはいられない。夫、妻、子、父母、きょうだい、友人など、自分が先に死なない限り、それらの人々との別れは必至である。

また死に方にもいろいろあって、病死もあれば事故死もある。また自殺もあれば、他殺もある。行方不明という形で、目の前から消える死に方もある。

私も、生まれてから今日に至るまで、愛する肉親の死を幾度か体験してきた。その最初は六歳の妹であった。妹は病死だった。妹が死んだ時、悲しみのあまり、幽霊にでもなって出て来てほしいと、暗い外に出て行って妹の名を呼んだものだった。

二人目は次兄で、戦病死であった。三十五歳だった。この時の葬儀は、次兄が死んでから何カ月か後に、私の家でとり行われたが、既に何カ月も経《へ》たあとでも、その悲しみに私は激しく泣いたものである。

父は七十九歳で老衰で死んだ。その死後一年というもの、父の夢を見ない日はないといってもよかった。既に八年になるが、いまだに月に幾度か必ず父の夢を見る。

父の死んだ二年後に、弟の一人が死んだ。その時私たち夫婦は、実家の母の家にいた。楽しい団欒《だんらん》の最中に、弟が交通事故に遭ったとの電話がきた。弟は横断歩道を渡っていて、スピード運転の車に跳ねられたのである。それから二年余りの間、私は居間の消灯をする度に、弟の姿をソファの上に見るような気がした。それは、弟が私たちの家を訪ねた最後の日、風呂から上がり、半裸のままソファにすわっていたからだ。この弟の夢も、私は実に多く見る。

私の自伝『道ありき』には、私のリーベの死が書かれてある。彼の死後一年というもの、私は彼が死んだ午前一時十四分を過ぎなければ、何としても眠ることができなかった。そして、彼を偲《しの》ぶ挽歌がぞくぞくとできた。

以上でおわかりのとおり、私はどちらかと言えば、諦めの悪いほうである。悲しみの深いほうである。いつまでも忘れられずにいるほうである。だから、死別の苦しみは、人一倍わかるつもりである。

だが、幾度人の死に遭っても、私たちは死別に慣れることはできない。死は、骨から肉をひきはがすような、強烈な苦しみであるからだ。こんな時、人は一体どんな祈りをすべきなのであろう。人生の最も深い悲しみの時に、私たちは本当に神を仰いで祈ることができるだろうか。

多くの場合、愛する者の死に遭った時、人は只悲しむより仕方がないのではないだろうか。悲しんでもよいと私は思う。いや、善い悪いではない。悲しむのが当然だと思う。

たとえ、わが子がどこかの国の王になるとしても、そのために永遠に別れなければならないのなら、親は喜ぶよりも悲しむのが当然であろう。だから、死んだ人にもし信仰があり、必ず天国に行くのだとわかっているとしても、肉親の情として、悲しいのが当然である。

明治のクリスチャンたちは、葬式の時にも「おめでとう」と言ったという。しかし、いかに死が神の御もとに行くめでたいことだとしても、死別の悲しみは当然である。

だが、悲しければこそ、私はそこに、祈りの必要を痛切に思うのである。私の父が死んだ時も、弟が死んだ時も、私は神に祈った。祈らずにはいられなかった。

では何を祈ったのか。第一に、愛する者の死もまた感謝であることを、教えていただきたいと祈った。

「愛する者の死が、なぜ感謝なのか」

人は言うかも知れない。だが、祈る時には、先ず神に感謝を捧げなさいと教えられているのである。聖書にも、

〈ただ、事ごとに、感謝をもって祈と願いとをささげ、あなたがたの求めるところを神に申し上げるがよい。そうすれば、人知ではとうてい測り知ることのできない神の平安が、あなたがたの心と思いとを、キリスト・イエスにあって守るであろう〉

（新約聖書「ピリピ人への手紙」第四章六〜七節）

と書かれてある。

事ごとに感謝せよというのは、別の言葉で言えば、いかなることがあっても感謝せよ、ということである。つまり、わが子が生まれても死んでも、病気になっても、事故に遭っても感謝せよということである。

（そんな無茶な！）

と、憤る人もあるにちがいない。

私は弟が、四十五歳を一期として、妻とまだ高校生と中学生の二人の息子をおいて死んだ時、先ずその弟の死に際して、感謝することができるようにと祈った。静かに、神の前に頭を垂れて、弟の一生を思った。弟は生来体が弱く、発育も他の兄弟より遅かった。ぼんのくぼが、くっきりとへこんでいた青白い幼い頃の首筋が、今も目に浮かぶ。その弟が、次第に丈夫になって、四十五歳まで生き得たということは、やはり感謝すべきことであった。父はこの弟が、結婚できるかどうか危ぶんでいたものだが、よい妻を与えられ、二人の子も与えられた。夫婦仲もよかった。弟は心がやさしく、誰にも親切だった。私の長い療養中、きょうだいの中で一番尽くしてくれたのは、この弟だった。彼は彼なりの人生を、彼の責任において歩んだ。

考えてみれば、それらはすべて、感謝すべきことだった。これがもし、急性肺炎を患った幼いかの日に死んでいたら、四十五歳の人生はなかった。人を愛し、人に愛された弟の人生であったことは、感謝に余りあることであった。

(だがしかし……)

そのやさしい弟が、なぜ突如として無謀運転に殺されなければならなかったか。死んだ弟のポケットからは、二個のクルミが出て来た。四十五歳の弟は、恐らくそのクルミを手に持って、絶えず指を動かし、脳溢血の予防を講じていたにちがいない。そのことを思うと、まだまだ生き得た筈の弟の命を、無謀運転によって奪われたことに、素直に肯《うなず》けないものを感じないではいられなかった。

全く、人の死は不意に来る。昨日まで元気で遊んでいた子が、今日はもの言わぬ冷たい体になってしまう。いつものように出て行った夫が職場で倒れる。いや、そうした突如とした死だけが不意なのではない。たとい長く床についていたとしても、それはやはり身近な者にとって、不意なのだ。一方的に、何の相談なしに、一人の人間が死んでいく。

しかも、それが働き盛りの一家の柱であったり、前途洋々の若者の死であったり、まだ歩き出したばかりの幼児の死であったりする時、その死は家族を激しく打ちのめさずにはおかない。いうまでもなく、それは自分が思い描いていた未来が奪われたからである。

家を新築したばかりで死んだご主人がいた。長い間の苦労の末に、やっとこれからはゆとりのある生活ができるかと思った時に、死んでいった。残された者は、せめて一年でも新しい家に住まわせてやりたかったという思いになる。その思いが、恨みとなり、悲しみの種となる。

明日入学という日に、ランドセルを枕においたまま、焼死した子が旭川にいた。親としては、子供が待ちかねていた小学校に、一日でも通わせたかったと、嘆きたくもなる。

このように、肉親を失った嘆きは、

（生きていれば、さぞ楽しかったであろう）

という、思いを基盤に、限りなくひろがる。

だが果たして、幸いが待っていたかどうかを、どうして人間が知りうるであろう。どの道を行けばよいのか、神のみがご存じなのである。私たちの人生が、私たち愚かな人間の計画どおりになったほうがいいのか、神のご計画のとおりになったほうがいいのか。私たちは肉親の死を通して、問いかけられているのではないだろうか。

弟が交通事故で死んだ時、私の胸に浮かんだ聖書の言葉は、

〈すべてのこと相働きて益となる〉

という言葉だった。私は悲しみの中で、その言葉の確かさを信ずることができた。神は愛の方である。神はその人間や周囲の人々の最もよい時を選んで死を与えられるにちがいない。

だからこそ、愛する者の死を前に、私たちは心から祈らなければならない。死んでから祈っても、一切は無駄だと人は思うかも知れない。が、もし死者に口があるのなら、死んではじめて語りかけたい言葉があるにちがいない。

「わたしの死を機会に、真実に生きる道を求めてほしい」

死者は、きっとそのようにねがうにちがいないと、いつも私は思うのである。死んだ者のみが、自分の生きざまを、限りない痛恨を持って、省みるにちがいないからである。

死者を真に惜しむならば、残された者が、死んだ者の分まで、十分に生きるべきことだと思う。そう語りかけてくれる愛する者の声に、耳を傾けるべきだと思う。

私は人の死に遭う度に、私はその人に対して自分は何をしてあげたかと、いつも反省させられる。その度に思うことは、その人に対して、いかに愛が足りなかったかということである。父の死の時も、弟の死の時もそうであった。現世的な意味では、私はそう親不孝でもないし、兄弟愛のないほうではない。父の家を建てたり、弟に小遣いを与えたり、形に出しても、することはした。

だが、「どのように生きるべきか」という魂の問題については、心を尽くして語りかけたことは、そう多くはない。それがいつまでも、私の心に残るのである。

そしてそれ故に、

「わたしはこの人に何をしてあげたか」

と、悔やむのである。

それはともかく、私たちは、愛する者の死に遭って、本当に祈ることを知るようにならなければ、その死を無駄にしているように、私には思われるのである。

さて、先に私は、先ず感謝すべきことを書いた。では、感謝の次に何を祈るのか。

「神よ、愛する者が死にました。どうかこの死が、残された者にとって、いかなる意味を持つのか、教えてください。誤りなくその死の意味を受けとめることができますように、教えてください」

繰り返しこのように祈るべきではないだろうか。そうすることによって、死んだ者に対する自分の態度ばかりでなく、他の者に対しても、いかに愛が足りなかったかを、私たちは次第に知るようになる筈である。

なぜなら、死の意味を正しく受けとめようとする時、必ず謙遜に自分を省みずにはいられない筈だからである。

前章でも述べたと思うが、祈りは必ず、祈る者自身を変えていく。悲しみに遭った時に、もしその悲しみを克服しようとねがうならば、必ず克服する力を与えられる。最初は誰でも、

(この悲しみが、人にわかるか)

(この悲しみから逃れる道があるわけはない)

(この悲しみを克服する力など、あり得ない)

などと、絶望的になるのが常である。

だがどんなに大きな悲しみでも、やがて時が経《た》てば、忘却という作用によって、悲しみが薄れていくものである。しかしそれは、決して悲しみの克服ではない。

悲しみから立ち直ったことではない。真に人の命を惜しむのであれば、その死をきっかけに、人生で最も大切な魂の問題に立ち向かって、何ものかをつかむのが本当の意味での命を惜しむということではないだろうか。時が経《た》って、元の自分に戻るというのでは、その死は何の意味ももたらさない。

一人の死によって、自分が大きく変わるのが、本当に人の死を悼《いた》むことになるであろう。愛する者の何人もの死に遭っても、自分の生き方を変え得ないという人生は、ひどくむなしいもののように私は思う。

私の小説『塩狩峠』の主人公にはモデルがあるが、そのモデルの長野政雄氏が塩狩峠において殉職した時、職場の人たちは、その生き方を一新した。私に長野氏の最期を語ってくれた方は、氏の部下であったが、長野氏の死によって、自分もまたキリスト信者になったと言っておられた。

今はどんなに悲しくても、祈り求めるならば、真に力強く生きていける日が必ず与えられるのである。愛する者のいないこの世に、生きる気はないと思う人も、いるかも知れない。だがその人にも、やはり祈ってほしいと私は思う。生きる力を失うほどの悲しみも、わからないではない。私自身かつてギプスベッドに臥《ね》ていた時、リーベを失って同じ思いにとらわれたからである。私はその時次のような歌を詠んだ。

君死にて淋しいだけの毎日なのに
生きねばならぬかギプスに臥《ふ》して

それは確かに、いっそのこと死んだほうがましだと思うほど、辛い悲しみだった。

だが、死んだ人たちは、きっとこう言っている筈だ。

「もっともっと生きていたかった」と。

そしてそれは、単なる自分の生の延長をねがっているのではない筈だ。もっと真実に、もっと謙遜に、もっと愛に満ちて「生きていたかった」と、ねがっているように、私には思われる。

だから、私たちは、愛する者がねがっているように、生きるべきであると思う。そのためには、やはり先ず祈り求めなければならないのではないか。聖書もまた、私たちにすすめている。
〈あなたがたの中に、苦しんでいる者があるか。その人は、祈るがよい〉
（新約聖書「ヤコブの手紙」第五章一三節）
神はいついかなる時も、人々が神に祈り求めることを待っていられるのである。

第六章　うれしい時の神頼み

第六章　うれしい時の神頼み

人はその時を知らない。魚がわざわいの網にかかり、鳥がわなにかかるように、人の子らもわざわいの時が突然彼らに臨む時、それにかかるのである。

「伝道の書」第九章一二節

「苦しい時の神頼み」

という言葉がある。これはつまり仕事がうまくいかない時、病気になった時、あるいは人間関係において、どうしようもないいざこざがあった時などなど、苦しい時には、人は誰しも神に手を合わせるということだろう。

こんな諺《ことわざ》があるということは、生活に何の波風も立たない時、即ち無事な時、平和な時には、神を忘れているということでもあろう。喜びの絶頂にある時、得意満面の時などには、尚のこと神を思い出しもしない。これが人間の常である。

「うれしい時の神頼み」

こんな言葉を聞いたことは、かつて一度もない。

だが、本当に私たちは、喜びの時に祈らないでもよいのだろうか。得意の時には、祈らずにすませ得るのだろうか。そうした時には、本当に神に祈る必要がないのであろうか

昭和三十九年七月六日のその日まで、私は実の話、喜びの日にどんなに祈りが大切なものかということを知らなかった。その日は、私の応募した小説『氷点』の入選を知らせる電話のあった日である。私にとってそれは、生涯に滅多に起こることのない喜びの日であった。

新聞社から電話があった時に、私はすぐに、旭川営林局に勤務中の三浦に、入選の旨を伝えた。

その日、いつもの時刻に帰宅した三浦は、直ちに私を二階の部屋に誘った。そして、私を共に座らせて祈りはじめた。神への深い感謝の祈りであった。そして

その時三浦が言った言葉を、私は今も覚えている。

「千万円の賞金をもらって有名になれば、人間馬鹿になりかねないからね」

私はあの時、実に多くの方から祝いの言葉をいただいた。

が、十三年経《た》った今日、なお明確に心に刻みこまれているのは、三浦の言った、この「馬鹿になりかねないからね」という言葉と、心をこめて祈ってくれた姿である。

幾度か他にも書いたが、人生の危機は、実は喜びの時にこそあるのではないだろうか。順境の時にこそあるのではないだろうか。昔から、危険な道でころぶ者は少ない。かえって坦々とした道で人はころぶと言われている。

あの時もし、三浦が只、

「よかったな、先ずは一杯やろうか」

と言うだけの夫であったなら、私はあの大きな喜びを、本当にじっくりと受けとめることができたろうか。入選という喜びが、単なる上すべりの感謝に終わったのではないだろうか。

あの時三浦は、有頂点になることを戒め、応募した他の七百三十人の落胆を思いやった。そしてそれゆえに、与えられた賞金を、自分のためにではなく、他の人のために使い得るようにとの祈りもしてくれた。そしてその祈りは、入選する前から祈られていたものであった。喜びで浮き浮きとなっている時こそ、神の導きをねがわねばならないことを、私は本当に知らされたのであった。

さて、一年の中で三月四月は、高校進学・大学進学、そして就職などと、若い人たちの上に、大きな変化のもたらされる時期である。もし難関を突破して、進学したり就職したりした時、その多くの若い人たちは、何を思うことだろう。

(吾ながらよくやった)

と、先ず自分の努力をほめ、才能を誇り、自分にのみ栄光を帰しやすいものではないだろうか。しかし、その関門を突破し得なかった多くの人々に対して、どれだけの痛みを持っているであろう。考えてみると、それは己が人間性を試される一つの時ではないだろうか。

では、そのような時、私たちはどのように祈るべきか。次に祈りの言葉を記してみたい。

「すべての人の心を悉《ことごと》くご存じの、全能の御神、今日は、私のねがっておりました難関を無事に突破させていただきました。心より感謝いたします。私はともすれば、自分が他の人々よりも勝れているかの如く、誇りたい思いに満たされます。どうか、自分の努力、自分の才能をのみ数えることがありませんように。心を静めて、御前に深い感謝を捧げ得ますように、私の心をお導きください。幼い時より、私を教え導いてくれた教師や、親たちの努力の中に育てられた自分であることを、思うことができますように。またこのために、周囲の人の寄せてくれた細かい心遣いに対して、大きな感謝を覚える者でありますように。

また今日、このように喜んでいる私とは反対に、嘆きを味わっている多くの人々に、侮蔑ではなく、大きな痛みを共に持つことができますように。自分がその人々より、価値のあるような人間であるかのように、誇り高ぶる者でありませんように。自分もまた一つ間違えば、失敗したであろうことを、謙虚に顧みることができますように。

そして、与えられた栄冠を虚心に受けとり、誠実に歩んで行くことのできますように、力をお与えください」

もし、自分のねがいどおりに進むことのできた若人たちが、このような祈りを心から捧げて、神の導きを仰ぎつつ生きて行くならば、それはその人たちの幸いだけではなく、実に多くの人の幸いにもなると、私は思う。そしてその親、教師、先輩たちも、このような祈りを共にすることができたなら、一層大きな幸いであると思う。

私が結婚する時、三浦が言った言葉の一つに、

「一人の結婚は十人の悲しみ」

という言葉があった。それは私にとって、思いがけない言葉であった。が、よく考えてみると、それはまた当然の言葉でもあった。結婚は、希望どおりに進学できた場合とか、就職できた場合にくらべると、少しく微妙で且《か》つ複雑である。進学や就職の場合は、思わず「万歳！」と叫びたくなるような、こみ上げるような喜びがあるが、結婚はもっと厳粛《げんしゅく》だ。どんなに愛し合っている者同士が結婚するとしても、浮き浮きとした心だけではいられない。

どんなに愛し合って結婚するにせよ、長い人生において、何が待っているかと、たじろがずにはいられないものが結婚にはある筈だ。が、そのことに本当に気づ

くのは、やはり結婚の当座ではなく、何年か経《た》った後なのかも知れない。そして「一人の結婚は十人の悲しみ」という言葉の意味が、真にわかるのも、そのようにある程度の年月が必要なのかも知れない。

私のような者の結婚でも、今にして思えば悲しんだ人が何人かいた。私の場合、十三年の療養生活のあとであったから、年も三十七歳になっていたし、ほとんどの人が喜んでくれた。にもかかわらず、療養中私をよく見舞ってくれた教え子は、

「奇跡を呪《のろ》う」

と手紙をくれたし、弟のようにつきあっていた十歳も年下の友人は、手紙の宛名に、私の旧姓を付記せずにはいられなかった。そのほかに、私と結婚したいとねがっていた人もいた。

三十七歳になっても、そのような何人かの人がいたのである。まして若い人々の結婚には、複雑な悲しみを抱く人が更に多いであろう。その悲しみを抱く人は、必ずしも異性とは限らない。自分が結婚しようと思っていた相手を奪われて悲しむ場合もあろうし、病気や身体上の障害で、結婚をあきらめなければならない人たちも、複雑な思いに突き落とされるかも知れない。兄弟もまた、その兄、姉を

奪われるような淋しさを感ずるかも知れないし、親たちは更に、引き裂かれるような悲しみを味わっているかも知れない。

私は結婚式に招かれる度に、その両親たちの姿に注目せずにはいられない。新郎新婦が花束を贈る時など、男親でも、必死に涙をこらえているのを、私はしばしば見かける。そうした姿を見るにつけ、一人の男と一人の女が結び合わされる喜びの陰には、辛い涙のあることを、思わずにはいられないのである。

そのような思いを人々に抱かせて結婚する以上、結婚というものを、もっと幅広く、もっと奥深いものとして受けとめなければならないのではないか。そして、それゆえにこそ、この人生の一大事にあたって、二人が心を合わせて祈ることの必要を思うのである。

私たち夫婦は結婚の夜、創造主の前に共に正座して祈った。その時の感動は、結婚式の感動に、決して劣らなかった。二人で先ず始めたこと、それが祈りであったことを、今も私は、愛する神に心から感謝する。

ところで結婚は、人によっていろいろといきさつがちがう。だから、祈りもまた、一人一人ちがうと思う。が、基本的には、先ず感謝を捧ぐべきであると思う。

どの祈りもそうであるように、祈りは先ず感謝からはじめることがねがわしい。

では先ず、どんな感謝を捧げたらよいのであろう。第一に、今日まで二人を守り導いてくださったことへの感謝を、神に捧げなければならない。世界には何十億という男女がいるのに、そのうちのたった二人が、めぐり合って一生を共にする。このことに対して、神秘的な喜びを感ずるのは、人間として当然のことのように私は思う。

そして、二人を生み育ててくれた二人の親、その愛、またお互いを紹介してくれた先輩や友人、結婚に至るまで、貴重なアドバイスをしてくれた人々、祝会を開いてくれた友人たち、集まって祝ってくれた人々、その一人一人にやはり深い感謝の念を持って、それらの人々への神の祝福を祈るべきであろう。

更に、自分たちの結婚によって、悲しんでいる人、苦しんでいる人、傷ついている人々を思いやって、それらの人々の上に、全能の神が力を与えてくださるよう、神の慰めを祈るべきであろう。

また、自分たちの築こうとしている家庭が、一歩一歩神の導きによって、築かれるように祈ることも忘れてはならない。自分たちの家を開放的な明るい家庭としたいとし、友人たちの憩いの場とすることをねがうか、あるいは二人のみの静かな家庭をねがうか、人それぞれの職業や立場によって異なるだろうが、そのこともまた神の導きに委《ゆだ》ねて決めるべきだと考える。

私たち夫婦が、結婚する時にねがったことは、何らかの形で、この世に役立つ家庭ということであった。特に救い主キリストの福音と真理を伝えたいというのが、その中心であった。

あるいは気負っていると言われるかも知れない。しかし私は、若い日の出発に、そのぐらいの気負いがあっていいと思う。

小説や映画で、新婚初夜の様子を読んだり見たりすることが時々ある。が、その中で、二人が神に祈る場面などは、先ず見たことはない。人生の新しい出発に当たって、既に結婚式で誓い合ったのだからいい、というのでは、私には何か淋しいような気がする。二人には二人の言葉で、祈るべき言葉があってもいいと思う。

そしてその祈りが、その最初の日だけではなく、毎日共に捧げられるものなら……と私は思うのである。たとえまだ、神についてよくわからない場合であっても、少なくともそうした方向を目指そうとする姿勢は必要なのではないだろうか。

結婚した二人に待っている次の喜びは、出産であろう。私は、人生というものは、喜びよりも苦しみが多いと思っていた。が、それはどうやら錯覚でもあるようだ。悲しみや苦しみは、いつまでも心に残っているので、喜びよりも印象が強い。それで苦しみのほうが多いように思って来たのであろう。が考えてみると人生には苦しみも多いが、喜びもまた多いものである。

三浦が十七、八の時、近所の理髪師がこう言ったことがあるそうだ。

「あんたくらいの年頃が一番いいね。何といっても、嫁さんをもらう楽しみがあるからね。嫁さんをもらってしまうと、人生大した喜びも楽しみもないもんだよ。いや待てよ。その次は、子供の生まれることが楽しみだな。そうだ、子供の生まれることは、こりゃあうれしいもんだな。あとはねえ、大したことはないねえ。いや、子供が小学校に入ることも楽しみだな。それと、子供が上の学校に入ることも大きな喜びだな。

うん、そのうちに、子供が結婚する。これはもっと大きな楽しみだな。そして、また孫が生まれる。孫の誕生も子供以上にうれしいかも知れんな」

これを聞いた三浦は、では人生楽しみだらけではないかと、その時思ったという。


確かに、子供一人が生まれるということは、人生の夢と希望が限りなく湧いてくるような、楽しい話だ。そうした希望をもたらしてくれる尊い命、その命の生まれ出ずる時には、ふだん宗教心のない人でも、意外と何者かに向かって手を合わせたくなるのではないだろうか。すべてを合理的に割り切って考える人であっても、こと命を生み出す段に至っては、そう冷静に構えてはいられない筈だ。未だに安産のお札《ふだ》をもらう若い人が多いと聞くが、それもその一つの現れだろう。

また、胎教に心を用いて、キリストの絵や、清らかな宗教画を部屋に飾ることもあると聞く。とにかく、わが子の出生に際しては、生み出す妻も、傍の夫も、共に祈りたくなるのではないか。何とか無事に生まれてほしい。男でも女でもいい、五体満足な子が生まれてほしいと、謙遜な思いになると思う。

そうした二人に子供が無事に与えられた時の喜びは、どんなに大きな喜びであろう。五体満足に生まれたわが子を胸に抱いて、その子の一生のために、祈り心を持たない親が果たしてあるであろうか。

「平凡でもいい、まちがった道に歩まないように」「丈夫で生きてほしい」と、謙遜な心になるにちがいない。

私は、この思いに至った時を、神に祈る大きな契機にしてはいかがかと切に思うのである。神秘な命を与えてくれた天地の創造主なる神に、この時にこそ、人は心から祈るべきではないだろうか。

若い父と母が、幼子を中において、敬虔《けいけん》に祈る姿、その聖家族のような姿こそ、私たちの家庭の基とすべき姿ではないだろうか。そうした祈りによってこそ、尊い命は真に育《はぐく》まれていくのだと私は思うのである。

とにかく、喜びの時もまた、苦しみの時と同様に、祈るべきであると思うのである。

第七章　神、吾と共にあり

第七章　神、吾と共にあり

神の言葉はみな真実である、神は彼に寄り頼む者の盾である。

「箴言」第三〇章五節

いつか、人にこう聞かれたことがある。

「キリスト教には、仏教のようなお念仏はないんでしょうか。ナムアミダブツとか、南無妙法蓮華経とか、そういったものがないのでしょうか」

厳密にいえば、キリスト教にお念仏はない。しかし、それに似た言葉はあると、私は答えた。

「インマヌエル・アーメン」

という言葉である。これは、

「神、吾と共にあり」

　ということを意味する。「ナムアミダブツ」は、仏と共にあるという意味だそうだが、よく似ている。尚、「アーメン」というのは、「本当に」「真実に」と、心から同意する言葉であって、これは世界共通の語である。だから、

「インマヌエル・アーメン」

　と言えば、

「神、吾と共にあり。まことにそうです。ありがたいことです」

　ということになる。

　私も長い療養生活の中で、ふっと淋しくなった時など、よくこの「インマヌエル・アーメン」をとなえたものだ。すると、ふしぎに、全能者が私のそばにいて、じっと見守っていてくださるようで、心が平安になったものだ。

　また、何かよからぬ思いが胸をかすめる時、

「インマヌエル・アーメン」

　と、となえた。神が私と共にいてくださるのに、つまらぬ思いにふけることはできない。この短い祈りは、悪の誘惑からも、私を救ってくれた。

誰かに誤解された時も、この小さい祈りの言葉をとなえる。すると、たとえ人が誤解しても、全知全能の神は私のすべてをおわかりくださるという、喜びが湧いた。

心から信じて祈る時、私たちはこんな小さな、こんな短い祈りによっても、励まされ、慰められ、力づけられ、導かれるものなのである。

短い祈りで思い出した。それはカトリックの本で読んだ「射禱《しゃとう》」という言葉である。

「どのように祈っていいか、わからない」

とか、

「祈りがむずかしい」

とか言って、祈りを敬遠する人がいる。が、祈りは必ずしも長くなくていいのだ。心が本当に、キリストの父なる神に向かっているならば、極く短い祈りでもいいのである。

射禱というのは、自分が今問題としている事柄を、幾日に幾度となく祈ることなのだ。もし、自分の性格をもっとやさしくしたいと思っているならば、そのこ

とを絶えず祈るのである。これが射禱である。例えば、

「神さま、どうか私をやさしい人間に変えてください。キリストの御名《みな》によって祈ります」

これを幾度となく繰り返すのである。すると自分の心が導かれて、きつい言葉が出そうになった時も、今までとはちがった言葉で、人に対することができるようになる。

私たち人間には、いろいろと問題が多い。また自分の心を自分でどうしようもない弱い者であるから、こうした短い祈りを絶えず捧げ、心を導いていただくことは必要なことである。

「どうか、人に悪意を持つことがありませんように」

という射禱、

「常に感謝することを教えてください」

という射禱、

「どうか、いらだちやすい心を、おだやかにさせてください」

という射禱、そうした射禱が、どれほど大きな結果をもたらすか、やってみれ

ば必ずわかるものであると聞く。

さて、人間の祈りは、どんなに整った言葉で、どんなに長々と祈ったところで、所詮、完全な祈りではない。ところが、実は短くて、しかも完全な祈りがあるのである。それは、キリストが弟子に教えられた「主《しゅ》の祈り」といわれるものである。「主の祈り」とは、救いの主《しゅ》、即ちキリストが教えてくださった祈りということである。

この祈りは、全世界の教会のほとんどが、礼拝の時には祈っているから、覚えておくとよいと思う。多少の訳語のちがいはあっても、その祈りの完全さは同じである。

はじめて教会に行った時、

「主の祈りをいたします」

と司会者に言われても、何のことかわからないかも知れない。その祈りの言葉を、次に紹介しよう。

紹介する序《ついで》に、イエスが祈りについて、弟子たちに教えている言葉があるので、それも引用しておくことにしたい。

〈祈る時には、偽善者たちのようにするな。彼らは人に見せようとして、会堂や大通りのつじに立って祈ることを好む。よく言っておくが、彼らはその報いを受けてしまっている。

あなたは祈る時、自分のへやにはいり、戸を閉じて、隠れた所においでになるあなたの父に祈りなさい。すると、隠れた事を見ておられるあなたの父は、報いてくださるであろう。

また、祈る場合、異邦人のように、くどくどと祈るな。彼らは言葉かずが多ければ、聞きいれられるものと思っている。だから、彼らのまねをするな。あなたがたの父なる神は、求めない先から、あなたがたに必要なものはご存じなのである。

だから、あなたがたはこう祈りなさい。

「天にいますわれらの父よ、
御名《みな》があがめられますように。
御国がきますように。

みこころが天に行われるとおり、
地にも行われますように。
わたしたちの日ごとの食物を、
きょうもお与えください。
わたしたちに負債のある者をゆるしましたように、
わたしたちの負債をもおゆるしください。
わたしたちを試みに会わせないで、
悪しき者からお救いください」〉

〈新約聖書「マタイによる福音書」第六章五～一三節より〉

イエスはここで、くどくどと祈るなと書いてあるが、それは人に自分の祈りを聞かせようとして、美辞麗句をつらね、祈っても祈らなくてもいいことをくどくどと祈ってはならないというのであって、つまり、祈りが偽善的になることを戒められたのである。

ところで、たいていの教会では、この「主の祈り」を、讃美歌五六四番（※1954年版・日本基督教団出版局）に書かれた言葉によって、となえている。

現代の聖書は、この祈りの言葉も前述のとおり口語体であるが、讃美歌には文語体になっている。要するに文体がちがうだけだが、一同で祈る時、この文語体によることがふつうなので、ここにまた引用しておくことにする。

〈天にまします我らの父よ、
　ねがわくはみ名をあがめさせたまえ。
み国を来らせたまえ。
みこころの天になるごとく、
地にもなさせたまえ。
我らの日用の糧《かて》を今日も与えたまえ。
我らに罪をおかす者を我らがゆるすごとく、我らの罪をもゆるしたまえ。
我らを試みにあわせず、悪より救い出したまえ。
国とちからと栄えとは、限りなくなんじのものなればなり。　アーメン〉

短い祈りであり、わかりやすい言葉なので、長い経文とちがって、甚だ覚えやすい。小さな日曜学校の生徒でも、この「主の祈り」の言葉は誰もが暗記しているほどである。

この短い祈りが完全だというのであるから、短くはあっても、深い意味がこめられていることになる。で、信者たちは、自分たちの言葉で祈ったあと、その最後にこの祈りをとなえる。自分の祈りの乱れや足りなさを、この祈りによって、完全にしていただくためである。

ここでこの「主の祈り」について、しばらく学んでみたい。

「天にましますわれらの父よ」

この一行を先ず考えてみよう。この呼びかけは、私たち人間の祈りの相手である神が、いかなる方であるかを示している。それは先ず、天におられる神なのである。天とは、清さ、高さを意味する。

「神のような心」

という時、私たちは、欲一つない、澄みきった、そしてやさしい、清らかな心を思うであろう。「天にまします」とは、そのように、汚れのない、そして高い神の人格を意味する。

天というと、私たち地に住む者とは、全く無関係なほど、隔絶した世界を想像するかも知れない。私たちとは何の関《かか》わりもないような存在に思えるかも知れない。しかしここで、

「我らの父よ」

という呼びかけがなされている。父とは、実に端的に、私たち人間と神との関係を表している言葉である。親と子の関係、これは何と密接な関係であろう。

日本人は、ともすれば、「神罰」「天罰」「仏罰」などという言葉をよく使う。日頃ちょっと心がけの悪い人間が、怪我《けが》でもしようものなら、

「天罰てきめん」

だとか、

「あれは仏罰だ」

とかいう。しかし、父なる神は、そのような、人間を呪《のろ》う恐ろしい存在ではなく、

「我らの父よ」

と呼びかけることのできる、親しい存在なのである。

清く正しく、高い人格の、そして、父と呼び得る愛のお方が、即ち真の神であることを、この冒頭の言葉はもの語っているのである。

それと共に、忘れてならないのは、この「主の祈り」は、最初から最後まで、「我ら」となっていることである。すなわち単数ではないのである。

「私の父よ」

とは言っていない。「我らの父」なのである。

では、「我ら」とは誰と誰を指すのか。父、母、妻、子供、きょうだいなど、一家を指すのであろうか。否である。この「我ら」の数はまことに多く、この地球上の人、一人残らずを指すのである。

日本は周囲が海で囲まれていて、隣国が地続きではない。（一時、樺太、朝鮮が日本領であった時代はあるが）そのため、まことに民族主義的なものの考え方が強く、

「キリスト教など、外国の神だから、信ずることはない。日本には昔ながらの、神がある。日本の神さまを拝め」

などと、今でもいわれる方がある。そういう人は、若い人にもいるし、老人にもいる。

しかし、私たち人間の真の神は、唯一である。日本だけの神とか、ソ連だけの神などがもしあったとしたら、それは決して本当の神ではない。

キリストの示された神は「我ら」の神なのである。「我ら」とは、すべての人間を指す。だから、「主の祈り」をとなえる時は、ソビエットの人のためにも、アメリカの人のためにも、中国の人のためにも、日本の人のためにも、韓国の人のためにも、アフリカの人のためにも、ヨーロッパの人のためにも、すべての人のために祈っているのである。

そう思って、主の祈りの冒頭の言葉を声に出して祈る時、私はその深さ豊かさに驚嘆する。

「天にましますわれらの父よ」

何とすばらしい祈りの言葉であろう。

その我らの神に、一番先にどんな祈りの言葉を捧げるのであろう。イエスは、

「み名をあがめさせたまえ」

という祈りを教えていられる。

私は、自分の本にサインを頼まれる時、自分の名前だけを書くということは先ずしない。必ずといってもよいほど、聖書の言葉を書く。そしてその後に、自分の名を記す。私の本は現在二十八冊ほど出版されているので、その本その本に書く聖書の言葉を決めている。たとえば『道ありき』には、

「愛は忍ぶ」

という言葉を、『塩狩峠』には、

「神は愛なり」

という言葉を書くことに決めている。私の本を全冊備えてくださる方もあるので、全部ちがった言葉にしているわけである
『天北原野』の上巻には、

「み名の崇められんことを」

下巻には、

「み国の来らんことを」

と、書くことにしている。この二つはわかりにくい言葉かと思うが、実は「主

の祈り」からの言葉なのである。それはさておき、人間として、祈らなければならない祈りはたくさんあるが、この、

「み名をあがめさせたまえ」

という祈りは、そのうちでも、最も重大なる祈りなのである。「み名」とは何か。神の御名《みな》である。神にお名前があるかどうか。旧約聖書の時代には「ヤーウェ」と呼んだそうだが、今では、そう呼ぶ人はほとんどいない。神という言葉が即ち神の御名《みな》だと、私は思っている。

では「崇める」とはどういうことか。それは「聖なるものとして区別して扱うこと」という意味だそうだ。神と同列に、他のものを置いてはいけないということだ。もしここに、神をうやうやしく拝み、同じように太陽をうやうやしく拝む人がいるとする。この人は神と太陽を同列に扱っているから、御名《みな》を崇めているとは言えない。

神を崇めるということは、神以外のものを神としない、拝まないということである。

私は幼い時、お稲荷さんでも、馬頭観世音でも、石地蔵でも、何にでも頭を下

げていた。つまりそれは、何に頭を下げるべきかを知らなかったからである。

イエスはここに、はっきりと、「天にいます我らの父のみ」を、聖なる方として、崇め信ずるようにと、教えられたのである。そしてそれは、私たち人間の祈り求むべき土台であり、根源なのである。

第八章　主の祈り

第八章　主の祈り

わたしたちがさくパン、それはキリストのからだにあずかることではないか。パンが一つであるから、わたしたちは多くいても、一つのからだなのである。

「コリント人への第一の手紙」第一〇章一六〜一七節

前章から主《しゅ》の祈り（キリストの教えた祈り）に入っているので、主の祈りをもう一度ここに紹介してみたい。大ていの教会でとなえているのは、文語体なので、文語体で紹介することにする。

〈天にましします我らの父よ、

ねがわくはみ名をあがめさせたまえ。
み国を来《きた》らせたまえ。
みこころの天になるごとく、
地にもなさせたまえ。
我らの日用の糧《かて》を今日も与えたまえ。
我らに罪をおかす者を我らがゆるすごとく、我らの罪をもゆるしたまえ、
我らを試みにあわせず、悪より救い出したまえ。
国とちからと栄えとは、限りなくなんじのものなればなり。アーメン〉

右のうち、この章では、

「み国を来らせたまえ」

から考えてみたい。既にお気づきの方もあると思うが、イエスが教えてくださっ

たこの主の祈りの大きな特徴は、その半分までは、神に関する祈りである。むろん神に関するということは、私たち人間に深く関わることでもある。だが、こうした、神に関する祈りを先ず祈るというあり方は、イエスに教えてもらわなければ、決して知ることのできなかった祈りであると考える。私たちは、誰にも教えられずに、

「み国を来らせたまえ」

などと祈ることは到底できない。ここに主の祈りの高さを改めて教えられる気がする。

ところで、

「み国を来らせたまえ」

とは、どんな意味なのであろう。み国とは、「御国」とも「聖国」とも書く。つまり、共に神の国のことである。

では、神の国とは一体どんな国なのであろう。神の国という以上、むろん、おさめる方は神である。人間ではない。

私たちの住む地上の国では、人間が統治している。実に多くの場合、金権政治

によって、金をばらまいた者が権力の座にすわる。そこにどんな政治が行われるか、いうまでもない。収賄があり、利権争いがあり、みにくい派閥争いがまかりとおる。公害があり、弱い者が顧みられず、裁判もまた時に不公平に傾く。つくづくと、やり場のない憤りを覚えさせられるのが、この世の国の姿である。

だが、神の国はそれとは異なる。神は絶対に聖であり、絶対に正しく、絶対に清く、絶対に愛である。ここには貧富の差がない。ここではすべての者が公平に扱われる。一人として権力を誇る者はない。自分だけが富むことはゆるされないのだ。戦争もむろんなく、苦しみもない。

そうした神の国の到来を祈るのが、

「み国を来らせたまえ」

という祈りである。

この、主の祈りは、イエスが弟子たちに教えた時から、今に至るまで二千年、毎日毎日世界各国において、祈られて来た祈りなのである。一日として、この祈りが祈られなかった日は、この地上になかった筈である。これは、決して人類が絶やしてはならぬ祈りだと私は信ずる。こうした祈りこそが、本当に人間の持つべき、尊い祈りというべきではないだろうか。

この神の国が来ることは、私たち人間のねがいであると同時に、神のねがいでもある。しかし、それがなかなか実現しないということは、一体何によるのか。それは、私たち人類の、神への反逆心の故であろう。

私たちの本心は、決して、清さも正しさも望んではいない、いい加減な生き方である。私たちは、自分だけが得をしたい、という自己中心な思いに満たされて、毎日を生きている。夫は妻にかくれて浮気をし、妻はまたその夫を裏切る。姑は嫁をいびり、嫁は姑に反抗する。自分の生んだ子を路傍に捨てる親もあれば、老いた親を捨てて顧みない息子たちもいる。

そんなあり方が、それほど珍しくないほどに、世の中は自分中心に動いている。自分中心である間は、決して神の国は来ない。神の国は、神の支配をひたすら待ち望む所に来る。こう考えてくると先ず何よりも、自分の心を神が支配することをねがわなければならないということになる。それがすなわち次の四番目の祈り、

「みこころの天になるごとく、地にもなさせたまえ」

という祈りに発展する。つまり、このみにくい自分が自分を支配するのではな

く、神のみ心が自分の心を支配することを願うのだ。

私たち人間は、本来、自分が損をしないように生きようとする存在だ。快く生きたい。楽をして生きたい。得をするように生きたい。これが大方の人間の姿なのである。

だが、時に神は、わたしたちに思いもかけない苦難を与えることがある。病気になることもあれば、愛するものを失うこともある。事業が失敗することもあれば、結婚が破れることもある。それがどんなに苦しくあっても、神のみこころを求める以上、私たちは素直にそのことを受けとめなければならない。

以前にも書いたが、私は肺結核とカリエスで臥《ね》ていた時、なおることよりも、神のみこころが自分の上になることを、常に祈った。私は身も心も弱い人間だから、最初は次のように祈った。

「みこころのままになさしめたまえ、といつでも祈ることのできる力を与えてください」と。

祈りとはふしぎなものだ。こう祈っているうちに、私は自分でも思いがけない平安を与えられるようになったことを思い出す。

（私たちは、とてもそんな祈りはできない）

と思うかも知れない。だがとにかく祈ってみることだ。この祈りは二千年間受けつがれて来たのだ。その数は、たとえ少なかったとしても、とにかく、神のみこころの地上になることを祈った人は絶えなかったのだ。そしてその人々は、みな私たちと同じく平凡な弱い人間だったのである。

むろん歴史上に名の残った人物もその中にはある。炎の中に果てた細川ガラシャ、キリシタンなるが故に領国を召し上げられた高山右近、その他キリスト者なるが故に迫害され、殺された人々である。が、多くは決して強い人間ではなかった。その一人一人に、神は愛と生きぬく力を与えてくださったのである。即ちみこころをなしてくださったのである。

さて、次の祈りは、

「我らの日用の糧を今日も与えたまえ」

である。先に述べた四つの祈りは、神に関する祈りであったが、ここで急転直下、実に日常的な祈りと変わる。正直な話、私は主の祈りを知るまで、

「日用の糧を今日も与えたまえ」

などと祈ったことはなかった。これは大方の人も同じだと思う。自分の悩みを解決してほしい。商売を繁昌させてほしい。病気をなおしてほしい。といった祈りをすることはあっても、一日一日パンが与えられるようにと祈ることは、まずしない。

「おてんとさまと米の飯はついてまわる」

という言葉が、日本には昔からある。だが、果たして、日毎に糧を求めることは無用の祈りであろうか。

三度三度の食事がおいしく頂けるということは、考えてみると、これは決して当たり前のことではない。いや、実に大きな恵みなのである。

なぜなら、もし私たちの近親者に交通事故があったり、家出人があったり、またはは夫婦何れかの不倫や背信があったり、家族間や親族間に深刻な争いがあったり、または家庭に死者が出たりすると、何日間も食事がのどを通らぬという現象が起きる。

目前にどれほど多くの食糧があろうと、それがのどを通らぬなら、ないも同然である。そう考えてみると、こころにかかる心配の何もない平安な日々というのは、実に大きな恵みと言えるのである。

日用の糧を与えたまえと祈る中には、この無事平安への感謝もふくまれているといってよいだろう。むろん、自分自身の健康が損なわれていては、食事を取ることができないのは当然である。だから健康を祈ることも、この中にふくまれていると言える。

ところで前にも述べたが、主の祈りはすべて、「私」個人の祈りではなく、「我ら」複数の祈りとなっている。

自分だけが、日毎の糧を与えられたらそれでいいという問題ではない。世界にはまだ飢えている国があるという。東南アジアのある国の、痩せ細って腹だけがふくれた子供たちの悲惨な姿を、いつかテレビで見たことがあった。飢えた人々が、僅か一杯のスープを得るための長い行列をつくっていたのも見たことがあった。

日毎の糧を我らに与えてほしいという祈りは、この飢えた人たちのためにも祈る祈りだ。こう祈る以上、私たちは、今日の糧を得られない人のために、何かをする責任がある。その責任の確認を、この祈りによって促されることも知らなければならない。

また、日用の糧という言葉は、単に食物のみならず、生活のすべてを指していると思ってもいい。即ち人間が生きていくのに必要な衣食住の全般を、この糧という言葉は包含していると思う。

となると、「我ら」と言って祈る私たちのあり方が問われることになる。公害問題、老人問題、身体障害者の問題などなど、この祈りによって持たされる関心は、更に多くなる筈である。

次に、別の観点からこの祈りを考えてみたい。

「今日も与えたまえ」

と、なぜ今日一日だけに限定して祈るのか。どうせ祈るなら、

「一生与えたまえ」

と祈ってもよさそうなものだ。

だが私は、この「今日も」という言葉にこめられた意味の深さが、実は大事なのだと思う。今日のこの日、糧を与えられるだけで満ち足りる思いには、貪《むさぼ》りも

なければ、思い煩《わずら》いもない。その貪《むさぼ》りのなさ、思い煩《わずら》いのなさが、私たちの心を清めるような気がする。

聖書には、

「一日の苦労は一日にて足れり」

という有名な言葉がある。これは明日のことまで取り越し苦労をするなというということである。人間という者は、取り越し苦労をはじめれば際限がない。次から次と心配が心配を生む。つまり、神に今日の糧だけを祈り求めるというのは、神に対する絶対的な信頼を物語っている。そしてまた、「今日も」という言葉には、昨日まで確実に与えられて来たことへの確認と感謝がある。明日のことは明日また祈ればいいのだ。

「糧を一生与えたまえ」

と祈って、毎日与えられていることへの確認も感謝もなければ、それは真の意味の祈りではない。祈りとは神との会話だ。子供が空腹の時に、

「おなかがすいたあ」

と、母に訴えるように、その時その時、安心して神に祈り求めればよいのだろう。

この祈りについてはいろいろな注解書に、様々な解釈がなされている。また、牧師から幾度か説教の中で、学ばせられて来た。その一つに、「日毎の糧」即ちパンは、イエスのことだと聞いたことがある。イエスは十字架につけられる直前、弟子たちと最後の晩餐をなさった。その時の様子を聖書には次のように書いてある。

〈パンをとり、感謝してこれをさき、弟子たちに与えて言われた。「これはあなたがたのためのわたしのからだである。わたしを記念するため、このように行いなさい」〉

また次のようにも書いてある。

〈「天からのまことのパンをあなたがたに与えるのは、わたしの父なのである。神のパンは、天から下って来てこの世に命をあたえるものである」

彼らはイエスに言った。

「そのパンをいつもわたしたちにください」

イエスは彼らに言われた。

「わたしが命のパンである。わたしに来る者は、決して飢えることがなく、

わたしを信じるものは決してかわくことがない」〉

つまり、私たちが毎日生きているのは、単に口から入る食糧によるだけではない。食糧さえあれば生きて行けるというのであれば、犬や豚と同じであろう。人間にとって必要なのは神の言葉ではないだろうか。真理ではないだろうか。

あの誰もが知っている聖書の言葉、

「人の生くるはパンのみによるにあらず。神の口より出ずるすべての言による」

を、私はここで思い出す。

「日用の糧を今日も与えたまえ」

という祈りには、

「今日も神の教えをください」

というねがいがこめられているのである。

現代の日本は、物質的に確かに豊かになった。食べられずに飢えて死ぬ人は、先ずないといってよいだろう。収入の少ない家には生活保護の制度もできたし、その意味では、戦前に比して格段の差がある。

私の小学校の頃は、弁当を持って来ることのできない生徒がクラスに何人かいたものだ。私たちの学校の場合、その子たちには学校から弁当が与えられたが、他はどうであったろうか。

この数年私は、パーティに行く度、心が痛む。それは人々が、出された料理をあまりにも多く食べ残して省みないからである。その残飯を係の者はポリバケツに無雑作に投げこんでいる。食べ残す者も、処理する者も、この残飯に馴れ、残したことに対する痛みを全く失っているような気がする。

衣類も豊かになった。幾度か手を通すと、もう次の流行を追って新品を買い求める。カーにしても、電気製品にしても、消費は美徳などという恐ろしい宣伝に毒されて、使い捨てて行く時代がつづいた。つまり、物質的繁栄のもたらしたものは何であっただろうか。それは心の荒廃を招いただけのような気さえする。物の命を大事にしない者に、人間の命を真に大事にすることができるだろうか。

こうした時代にあって、神の前に頭を垂れて、日々、

「日用の糧を与えたまえ」

と、謙虚に祈ることは、人間として生きるために、いかに重要であるかを私は改めて思うのである。

第九章　汝、審くなかれ

第九章　汝、審くなかれ

すべて人をさばく者よ。(略)あなたは、他人をさばくことによって、自分自身を罪に定めている。さばくあなたも、同じことを行っているからである。

「ローマ人への手紙」第二章一節

「不機嫌ほど大きな罪はない」

とゲーテは言っている。ふだん私たちは、自分の罪を罪だなどと思うことはない。だから、

「あなたには罪がある」

などと言われると、自分には罪がないと、心のうちに反発する。もしゲーテの言葉どおり、不機嫌が罪ならば、この世に罪を犯さなかった人が、一人でもある

だろうか。生まれてから死ぬまで、一度も不機嫌にならなかったという人間は、恐らく一人もないであろう。とすれば、すべての人が罪人だということになる。

不機嫌になる理由があるにせよ、ないにせよ、不機嫌は周りの人を暗くする。どんなに楽しい明るい気持ちで家に帰って来ても、妻がむっつりと黙りこんでふくれていたり、また楽しい思いで夫を待っていても、苦虫を噛《か》みつぶしたような顔で帰って来られると、一度に楽しさは吹きとんでしまう。

自分が何かの理由で不愉快だからといって、それを顔や態度に出し、人をも不愉快にさせてしまうのは、確かに自分中心のあり方にちがいない。

実は、この自分中心というのが、宗教上の罪なのである。

人は、罪人という言葉を見ると、刑務所に入っている殺人犯や、詐欺師、窃盗犯などを思い浮かべるであろう。が、罪人という言葉を見て、すぐに自分自身の姿を思い浮かべる者は、めったにいないのではないか。

私たちは、罪深いという言葉を見ても、罪人という言葉を見ても、それがいかに自分と密接な関係を持つかなどとは、ふつう考えないものだ。それは、良心が鈍いか、罪意識が低いからなのであろう。

だが人間の本当の罪深さは、カッとなって人を殺すとか、出来心で人のものを盗むとかいうこと以上に、もっとどろどろしたみにくいものなのだ。ある人がこう言って嘆いていたのを私は感心して聞いたことがある。

「私は人の前で人の悪口を言ったことがない。いや、陰でも言ったことがない。しかし心の中では、いつでもいろいろな人を罵《ののし》ったり、蔑《さげす》んだりしている。その癖、その人の前では、一度もそんなことは考えたことのないように、ニコニコと仲よさそうに話している。何といやな人間かと、自分がおぞましくなる」

こういう人にとって、罪という字は、自分自身を示す以外の何ものでもないのであろう。さて、この何ともいえないいやな自分を、どのようにして解決するか。それはやはり人の慰めでもなく、自己弁護でもなく、只祈って神のゆるしを求める以外に、ないのではないか。

主の祈りの五番目の祈りは、実はこの罪のための祈りである。

「我らに罪をおかす者を我らがゆるすごとく、我らの罪をもゆるしたまえ」

教会では、この祈りを必ず礼拝の度に捧げる。この祈りをとなえるということは、自分は罪人であるということの告白でもある。キリストは、

「我らの罪をもゆるしたまえ」

と、明確に罪のゆるしを乞う言葉を教えられた。だから、自分に罪があると思わない人は、ここはとばせばよいのである。ゆるしてもらう罪がないのに、ゆるしたまえと祈る必要はないからである。

だが、私たち人間の中で、

「この祈りは私には必要がない」

と断言できる人間があるだろうか。

この祈りを学ぶ機会に、今少しく罪について考えてみたいと思う。なぜなら、私がこのように書いていても「自分は何一つ思い当たるような罪は犯していない」という人がいるかも知れないからである。

罪とは「的外《まとはず》れ」のことだと牧師から聞かされている。生きる目的をどこにおくかということは、私たち人間にとって大切なことだ。この目的を即ち「的《まと》」と考えてもよい。本当は私たち人間が進べき目的というのは、「神」にほかならないと思う。その神のほうを向かずに歩いていくとしたなら、自分では毎日たゆまず一心に歩いているつもりでも、ぐんぐんと神から遠ざかっていくということになる。それは、東に進むべき人間が、誤って西に進むのに似ている。歩めば歩むほど目的から遠ざかる。これが罪なのである。

いつか何かに書いたと思うが、私たち夫婦は、旅の途中、ある村祭りにゆくりなくも出会ったことがあった。平生はそんなことを一度もしたことがない三浦が、露店の射的場で、百円価《あたい》ほど射的を楽しんだことがあった。かなり正確に的《まと》を狙っているつもりでも、弾丸はふしぎに的《まと》を外れるのだった。あとで人に聞くと、銃身そのものが曲がっていて、的《まと》を外れるのだと聞かされた。

これはちょうど、自分自身では神のほうに向いているつもりでも、私たちの心がねじくれていて、することなすこと、神の心にかなわぬことをするのに似ている。つまり的《まと》が外れているのだ。

だから私たちは、自分ではかなりやさしいつもりであっても、親切なつもりであっても、意外に人の心を傷つけて生きているものだ。

「舌先三寸で人を殺す」

という言葉も、

「刺し殺すような目」

という言葉も、これは私たち人間の実態を的確に言い当てた言葉である。私たちはしばしば不用意に、じろりと人を見たり、言ってはならぬことを言ってしまうことがある。

この「不用意に」見た目、出た言葉こそ、私たちの心の底から出た私たちの本当の姿なのだ。そしてそれが、どれほど人を苦しめ絶望させているかは、案外気づいていないものなのだ。私自身、自分の語調が強いために、たとえ正しいことを言ったにせよ、人を傷つけたことが幾度もあって、ほとほと自分に愛想が尽きている。このような失敗を一度もしたことがない人が、いるだろうか。

ところで、罪というのは、何かすることだと思う人がいるかもしれない。だが、

「なさざるの罪」

というのがあって、しないこともまた罪なのだそうだ。

見知らぬ子供が、車の往来の激しい路上でボール遊びをしているのを、誰一人注意しないという光景に、時々出会うことがある。車の中からでも叱りつけるか、歩行者が注意してもよい筈なのだが、みんな無関心なのだ。これがもしわが子で

あったなら、人は一体どうするだろうか。知らぬふりをするだろうか。飛んでいって、引きずってでも自分の家につれていくだろう。ということを考えれば、注意しない、忠告しないということが、どんなに冷たい行為であり、罪深い行為であるかがよくわかる。

これに類した「なさざるの罪」を、人々はそれぞれの生活の中で、容易に思い起こすことができるにちがいない。

車中で、暴力団に殴られたり、蹴とばされたりしている人を、誰一人助けずに、とうとう死なしてしまったという事件なども、そのなさざるの罪の類であろう。

また、我を忘れて、カッとなることも罪だそうだ。ひどいことを言われたり、されたりすれば、私たちはカッとなるが、そのカッとなることも罪なのだそうだ。相手はちょっと咎《とが》めただけなのに、咎《とが》められたほうは、カッとなって、やおら刺し身庖丁などを持って突き刺したりする。今朝も、浪人生活を詰《なじ》られて、カッとなり、母親を殴り殺したニュースが新聞に出ていた。

しかし、カッとなったことのない人間は、そうざらにあるものではない。カッとなるのがなぜ罪なのか。それは謙遜や、寛容の不足であり、言い換えれば、人の忠告を受け入れない傲慢に発するものだからである。傲慢がいかに大きな罪であるかは、言うまでもない。

また、人をゆるさないということも罪だそうだ。何年も、何十年も前の、ゆるし難いことを記憶していることが、罪なのだそうだ。記憶しているということは、ゆるしていないことなのだそうだ。私の小説『氷点』は、夫が妻をゆるせないことに根ざした悲劇だった。

だが私たちは往々にして口走る。

「絶対にこのことだけはゆるさない」と。

ではなぜ、ゆるさぬことが罪なのか。人間はどんなに偉くても、その相手のすべての姿を知ることができない。よいとか悪いとか、本当に定めることができるのは、神のみなのだ。

人間には審《さば》くことができないのだ。人間が人間を審《さば》くことがいかに困難であるかは、この世の裁判を見ただけでもわかる。裁判をするための大学に入り、難関といわれる司法試験にパスして裁判官となる。そのように勉強した人々でさえ、どれほど多くの資料を集めても、無罪の人間を有罪としてしまうことが絶えないのだ。ついこの間も、何十年もえん罪で刑に服していた加藤老のことが新聞に報道されていたが、これはえん罪を被った人の中でも、運のよいほうであろう。この世には、無実の罪を着たまま一生を終える人が、どれほどいることか。

無罪の者が有罪になることがあるのだから、有罪の者が無罪となることもあるだろう。特に、贈収賄がうやむやのうちに終わってしまうことを、私たちは幾度となく見てきている。

法律を学び、審《さば》くことを学んだ本職ですら、このように誤審があるとすれば、日常生活の中において、思いちがいや、自己中心的な判断の多い私たちが、正しく人を審《さば》くことなど、到底できる筈がない。真に正しく審《さば》くことのできる方は、全能者お一人でしかない。

そもそも私たち人間のあやまちは、神以外には審《さば》くことのできない審《さば》きを、人間の自分がなそうとするところにある。審《さば》くことは、神の座を犯すことである。

こう考えてくると、

「我らに罪をおかす者を我らがゆるすごとく、我らの罪をもゆるしたまえ」

の祈りが不必要な者は、一人もいないことになる。

ところでこの祈りは、先ず自分たちが、自分たちに対して罪を犯した人を、ゆるすことが先決となっている祈りである。私たちが祈りをしようとする時に、もし不和になっている人があれば、その人と和解しなければならないと、聖書には書いてある。この祈りも同じだ。私たちの心の中に、

（あいつは絶対ゆるすことができない）

という思いを持っていては、神もまた私たちをゆるしてくれないということである。

悲しいことに、私たちの生活には「ひっかかる」人間という者が、往々にしてあるものだ。浮気をしている夫、うまくいかない嫁、姑。あるいは親戚、または隣人。また中には、どうしてもゆるせないという相手もある。その人たちをゆるして、はじめて私たちは自分の罪をゆるしたまえと祈る資格が与えられるのだ。

前にも述べたように、ゆるさないということは、審《さば》いているということだ。審《さば》いているということは、審《さば》きたもう神を押しのけて、自分がその座に立っていることだ。審《さば》いているということは、つまりは、

「神にはまかせておけない」

という神への不信の現れである。

人をゆるさない者は、神を信じているとは決して言えないのだ。自分の罪のゆるしを乞う前に「人をゆるします」と祈らねばならぬことは、意味深いことである。むろん人をゆるそうとする時、どんなにそれが困難であるかを、私もまた知っている。裏切った人をゆるす。自分の肉親を殺傷した者をゆるす。自分を中傷した者をゆるす。自分の財産を取った者をゆるす。自分の地位を危うくした者をゆるす。それはどんなに困難なことだろう。その困難なゆるしをなそうとして、はじめて、自分自身の罪の深さ、それがどれほどゆるし難いものであるかがよくわかる。そしてゆるし難い罪を、ゆるしてくださる神の愛がわかる。それらのことが、この祈りによって改めて知らされるのである。

私はここで、イエスの祈りを思い出す。イエスはこのように私たちに、人をゆるすように、たとえどんなに大変でもゆるすようにと教えて下さった。そのイエスご自身はどうであったか。ルカによる福音書二三章三二〜三三節を次に引いてみよう。

〈さて、イエスと共に刑を受けるために、ほかにふたりの犯罪人も引かれていった。されこうべと呼ばれている所に着くと、人々はそこでイエスを十字架につけ、犯罪人たちも、ひとりは右に、ひとりは左に、十字架につけた。そのとき、イエスは言われた。

「父よ、彼らをおゆるしください。彼らは何をしているのか、わからずにいるのです」〉

幾度読んでも、私はこの言葉に感動する。この世に何がゆるしがたいといって、罪もない自分を殺そうとする者ほど、ゆるし難い者はないであろう。イエスには全く罪がなかった。いや、罪がないどころか、イエスは多くの盲人や、足なえや、癩者や、その他の病人たちを癒《いや》し、そして数々の神の教えを人々に説き聞かせておられた。そのイエスを、不当な裁判によって十字架につけたのである。

もし私たちが、そのような立場に立たされた時、一体どうすることだろう。自分を十字架につけた人々のために、私たちは、このような慈しみ深い祈りをなすことができるだろうか。掌には釘を打たれ、激しい苦痛の中で、こんなすばらしいゆるしの祈りを、イエスは捧げられたのだ。これはまた「全人類の罪をゆるし

てやってください」と祈る祈りでもあったのだと、私は思う。イエスは、

「彼らは罪深い者ですがおゆるしください」

とは言わずに、

「彼らは何をしているか、わからずにいるのです」

といって、いいようもなく優しい言葉をもって、祈ってくださった。

全くの話、私たち人間は誰も彼も、神から見れば何をしているのかわからずに、生きている存在である。だからこそ、いかに生きるべきかを真にご存じのイエスに見習って、生きるしかない。私たちは所詮お互いの罪をゆるしてもらうより仕方のない存在なのだから。

第十章　サタン

第十章　サタン

するとイエスは彼に言われた、「サタンよ、退け。『主なるあなたの神を拝し、ただ神にのみ仕えよ』と書いてある」

「マタイによる福音書」第四章一〇節

よく、もう五十にも六十にもなっても、学生時代の試験の夢を見るという人がいる。試験というものはそれほど大きな重圧を与えるものにちがいない。

主の祈りに次の祈りがある。

「我らを試みにあわせず、悪より救い出したまえ」

この中の「試み」という言葉は、つまり試験のことでもあろう。どれだけの実力があるか、あるいは才能があるか、または人格であるか、私たちは、好むと好まぬとにかかわらず、毎日試みにあっているようなものだ。試みにあうたびに、私たちは自分なりの答えを出す。答えを出さないのもひとつの答えだし、まちがった答えを出すのも、ひとつの答えである。

もし、私たち主婦が、夫の留守中に、心魅《ひ》く男性と知り合ったとする。その男性が幾度か訪ねて来、自分に好意以上のものをしばしば示すとする。これもひとつの試みである。試みは、私たちを堕落《だらく》に誘う誘惑の傾向を時にともなう。

この男性に、どのような態度を取るか、それが試みに対する私たちの答えであろう。ある人は彼の訪問をきっぱりと拒絶するだろうし、ある人はいち早く、自分の夫に、その男性の存在を告げるかも知れない。

だが、ある人は、話をするだけなら、差し支えないだろうと自分をゆるし、ある人は喫茶店で会うぐらいはゆるされるだろうと思う。そしてある人は、接吻までは妻にもゆるされるとし、あるいは夫にさえ知られなければと、体をゆるす人さえあるかも知れない。

たとえ体をゆるしても、家庭さえ壊さなければと思う人もあるだろうし、夫も子供も捨てて、その男性に走ってもかまわないと思う人もいるかも知れない。同じ試みでも、答えは人によって様々に出る。

私は、三浦から、

「お前はサタンの深みを知らない」

と聖書の言葉を引いて注意されることがある。それは、

「どんな男性と二人っきりで夜を過ごしても、私は決しておかしな仲になることはない」

と言うことがあるからである。

私は小説を書いていながら、人間という者について、まだまだ浅い見方しか持っていない。自分という者がよくわからない。だから、本気でそう思っていた。そして今もその点だけは大丈夫だと思っているふしがある。

しかし、最近私はバークレーの書を読んで、次のような興味ある言葉を知った。

〈ふしぎなことには、誘惑はしばしば我々の短所ではなく、長所に働きかける。もし、「自分はこのことだけは絶対にしない」というようなものがあれば、そのことをこそ警戒しなければならない〉

なるほどと私は思った。自分のおちいりやすいことには、人は十分に警戒する

ものだ。例えば体の弱い私などは、病菌に対してかなり警戒し、食事中食器以外の物に手をふれた時など、すぐに手を洗いに立つ。野菜や果物もよくよく洗う。食器やふきんを煮沸することもしばしばである。

だが体の丈夫な人の中には、トイレから出ても手を洗わない人もいるし、食前に手を洗わない人もいる。また、床に落とした食物を拾って、平気で食べる人もいる。それは、平生丈夫なために、

「自分は絶対に病気にはならない」

と思っているからだろう。

それと同じで、私は、三浦以外の男性と二人っきりでいることに、まことに無邪気である。何の警戒心も起こさない。幸いにして、今まで問題は起きなかったが、もし相手が積極的に働きかけてきたら、どうなったかは、やはり保証の限りではないのである。

自分に自信のあることで、人は確かに失敗するものかも知れない。金には大丈夫だと思っている人間が、意外な収賄事件にまきこまれたり、自分の運転は大丈夫だと思っている人間が、大きな交通事故を起こしたりする。

交通事故で思い出したが、交通事故を起こす人間の多くは、対人保険に入っているることが少ないという。これもまた、

「なあに、この俺が交通事故など起こすことはないさ」

と、たかをくくった思いを持っているからだろう。そう考えてくると、

「試みにあわせず、悪より救い出したまえ」

という祈りは、実に謙遜にならなければできない祈りだと思う。この祈りを本気ですることのできる人間は、人間という者がいつ、どんな誘惑におちいるかわからないという、確かな人間観をもって生きているということでもある。

自分の弱さを知っているということはまた、相手の弱さをも知っているということだ。私たちが誘惑におちいるのは、自分をも、相手をも知らないところからくるのではないだろうか。

例えば、地方に住んでいる時は、純な少年少女だった人間が、都会に出て何年かするうちに、いつのまにか汚れきった人間になってしまったということをしばしば見たり聞いたりする。都会に出る時は、堕落《だらく》するなどとは当人も思ってもい

なかっただろう。自分だけは、決してそんな仲間に入らない。そう思って、胸をふくらませて都会に出て行くにちがいない。だが、それがなぜ、何年かの後に、全く自分でも呆れるような人間に変わってしまうことがあるのだろう。人は往々にして、自分の最も身近なものによって変えられるという。家を離れた場合、最も身近な者は友人である。その友人たちが悪への誘い手ともなるのだ。賭け事の好きな友人とつきあっていると、いつのまにか自分も賭け事を覚えてしまってい る。悪口をいうことの好きな友人に相槌を打っていると、いつのまにか自分も人の悪口をいうことが好きになっている。酒を飲むことの好きな友人とつきあっていると、知らぬまに酒の味を覚えてしまう。

友人というものは確かに快い存在であるが、しかし自分の生きる方向を誤らせるのは、そうした快い存在なのだ。

三浦がよく私に、

「サタンはサタンの顔をしてやって来はしないよ」

と言う。自分はサタンだと、名札を胸につけて近寄ってくる者はいない。ある人は善良な笑顔をもって、ある人は上品な物腰で、ある人は哲学者のような深い思想の言葉をもって、私たちを快い状態において近づいてくる。あたかも、この世の最も得難い存在であるかのように、私たちの目をくらませることがある。そしていつのまにか、私たちの生き方を、神に背かせるようなものに変えてしまう。しかも恐ろしいことに、私たち自身がサタンの役をしていることがしばしばあるのである。

サタンとは、ヘブル語で、敵という意味だそうだ。確かに自分を滅ぼしてしまう存在だから、それは敵だろう。だが、それがサタンかどうか、見破る目を持っていなければならないのは、誰でもないこの自分自身なのだ。

サタンはまた、人を通してばかりではなく、物を通しても私たちを誘惑してくる。

もし、思わぬ大金が入った時、私たちはその金をどのように正しく使うことができるだろう。買わなくてもいいものを買ったり、使わなくてもいいところに支出したり、使わなければならぬところを惜しんだり、浪費家になったり吝嗇《りんしょく》になったりするのではないだろうか。誰に聞かせ、誰に見てもらっても恥ずかしくないような使い方が、果たして私たちにはできるだろうか。

いや、一時に大金をつかまなくても、日々の金銭にからまる生活の中で、私たちは本当に使うべきところに使い、使ってはならないところには使わないという生き方が、できているだろうか。災害に遭った人たちに、自分たちの両親に、病んでいる知人に、私たちの財布は快くあけられるだろうか。

「金銭を愛することは、すべての悪の根である」

という言葉が聖書にはあるが、金銭欲で身を誤る人のいかに多いことか。私たちはいやというほど知っているはずである。

私立医科歯科大学の裏口入学、ロッキード問題の贈収賄事件、献金と称する政治家への賄賂などから、選挙ごとにばらまかれる金権政治の金、そして最も恐ろしいのは、物欲のために起こされる戦争である。

とにかく、私たちのささやかな家庭であっても、金の使い方ひとつで、その家が堅実にもなれば、浮薄にもなる。だから金銭を正しく使うためにも、私たちは、

「試みにあわせず、悪より救い出したまえ」

と、日々祈らねばならないのではないだろうか。

少し話は変わるが、私は近頃、テレビや映画を見ている時、残虐な場面には目をつぶることにしている。レスリングなどはむろん見ないし、奇怪な、例えば、顔から突如として手が突き出たりするような、そんな場面も見ないことにしている。

というのは、私たち人間が、何げなく見たり聞いたりしているものは、脳の細胞が記憶していると聞いたからだ。それはカメラで撮ったように、あるいは録音したように、脳には確かに焼きつけられているというのだ。

私は自分の頭の中に、これ以上みにくい場面や、恐ろしい言葉が記録されることを恐れているのだ。なぜなら、いつ何時、それら蓄積されたものが、ふっと心に浮かんで、いつ自分を悪に誘うかわからないからだ。

ひょいと浮かぶ思いを、私たちは決して甘くみてはいけないと思う。この春、私のところにある人から手紙が来た。彼女は平凡な結婚をした。何の問題もない、平和な家庭だった。もう八年もつづいたその平和な家庭を、彼女は彼女なりに満足しているつもりだった。ところがある日ふと、初恋の人を思い出した。ふっと思い出しただけであったが、次第に彼に会いたくなった。会いたいという思いは日増しに強くなり、遂に彼女は、その初恋の人に電話をかけた。

ここから彼女の生活は崩れてきた。家庭は取り返しのつかないほどに、深い亀裂《きれつ》を生じてしまったという。

これはある日、ふっと浮かんだ思いが、ここまで発展したのだ。泥棒をする人、殺人を犯す人、放火をする人、それらの人々も、ある日ふっと浮かんだ思いが、その罪の始まりとなるのではないか。

「もし奴が死んでくれたら」

と、ふっと浮かんだ思いが、殺人に発展し、

「おれも銀行強盗でもやろうか」

と、冗談半分に考えたことが本気となり、

「あの家を燃やしてみたい」

と思ったことが、思わぬ放火へと走らせることになるのではないだろうか。

そうした、私たちの心の中に、悪への傾斜があると知ったら、私たちはやはり、絶えず祈るということを、真剣に学ばなければならないのではないだろうか。

悪とは楽しいものだ。「立ち入り禁止」と書いてあれば、立ち入りたくなる。恋してはならないと禁じられていればこそ、人の夫や妻を盗みたくなる。それは、

禁断の木の果を食べたアダムとイブの昔から持っている、人間の傾向性だ。まことに、「試みにあわせず悪より救い出したまえ」である。以上をもって主の祈りを終わる。

祈りについていろいろ書いてきたが、最初ねがったとおりに、必ずしも筆は運ばなかった。あと私に残された紙数は、原稿用紙で三十枚ほどである。結びとして私は、祈りにまつわるエピソードを、少しく紹介したいと思う。

数年前、私たち夫婦は、南紀州に舛崎外彦という牧師をお訪ねしたことがあった。既に亡くなられた方だが、この先生にはいろいろな心打つ逸話が多く、『荒野に水は湧く』という感動的な伝記も出ている。が、その中に出てこない話で、私たちが直接伺った少し楽しい話をお伝えしよう。

ある夜、先生はひとつの問題にぶつかり、裏の浜べに出て、砂にひれふして祈っていた。祈りは部屋の中でする人もいるが、山に登って、あるいは川べに立って、大自然の中で祈る人も少なくはない。

この先生は、問題が起きると、砂浜で身をのたうつようにして祈られたそうだ。

その夜も、本当に身をのたうつようにして祈り、とうとう夜も白じらと明ける頃まで、先生はその問題について、神に訴え祈りつづけておられた。

夜の明ける頃、その問題にいかに対すべきか解決ができ、疲れはしたが、心晴れ晴れと先生は家に戻っていかれた。そして水道で顔を洗おうとした時だった。右手に何かを握っていることに気づいて、よく見ると、それはこのあたりでは見たことのない貝殻であった。

先生は、ご自分の家に博物陳列の部屋を持つほどに、生物、博物に、深い関心を持っている方であった。もし関心を持っていなければ、その貝殻を見ても、何とも思わずに捨てたかも知れない。浜べに住んでいる者にとって、貝殻は珍しいものではないからである。

（ハテナ？）

先生は見馴れぬ貝殻に心を動かされ、すぐにその道の人に見てもらった。が、その人にも見たことのない貝殻であった。そしてその貝殻は、日本のその道の権威者に送られた。すると、驚いたことに、未だかつて発見されたことのない貝だということになった。

こうしてこの貝は、妌崎先生が発見したものとして、世界の学界に紹介されることになった。この貝を見たいばかりに、外国からわざわざ、先生の家を訪ねて来る学者さえ出てきた。そして遂には、その貝殻に高額の価がついた。いくらでも出すから、譲ってほしいという学者もあった。

牧師である先生にとって、それは大変な額であった。だが先生は、それを誰にも譲らなかった。

それは、先生にとって、神の愛を記憶させる貴重なものであったからである。先生は、貝殻を拾いに浜べに出たのではない。只祈るために、砂浜に身を投げ出して、大地を打ち叩きながら、祈っていたのだ。そして、知らぬまにつかんだその貝殻が、途中で捨てられることもなく、ご自分の手の中にしっかと握られてあったのだ。

これを、単なる偶然といえるだろうか。先生は神の深い御心《みこころ》を感じたのだった。それが、世界的な発見につながろうとは、夢にも思わぬことであった。しかも、これと同じ貝は、その浜べをいくら探しても、他に発見できなかったのである。

第十一章　神は生きている

第十一章　神は生きている

わが岩、わがあがないぬしなる主よ、どうか、わたしの口の言葉と、心の思いがあなたの前に喜ばれますように。

「詩篇」第一九篇一四節

祈りというものは、ふしぎなものだとつくづく思う。朝起きて一分祈る人、五分祈る人、一時間祈る人……と、時間は別々だが、祈る時間の多い人ほど、更にその祈りの時間をふやしていく。一日も欠かすことがない。

反対に、祈る時間の少ない人は、毎日祈ることを次第にやめ、三日に一度、十日に一度というように間遠くなり、遂には祈ることをやめてしまう。

歴史上の信仰者たちの生活を見ても、大きな仕事をした人ほど、毎日長い時間をかけて祈っている。こうした人たちは、例外なく多忙な人たちだ。ところが、祈りの少ない人ほど、ふしぎに暇があるのである。

「忙しくて祈れない」

という弁解は、どうやら成り立ちそうもないのである。

この頃私は、一つのことのために毎朝祈りつづけ、それが三百四十五日目に聞かれた話を、『祈りはきかれる』（渡辺暢雄著）という本で読んだ。それは、札幌の教会に起こった出来事であった。ある一人の信者と牧師が、心を合わせて、市内の北部に伝道所が与えられることをひたすら祈りつづけた。毎朝ということは大変なことである。しかも北海道のことである。夏ならまだしも、冬の朝々、ストーブも焚《た》かずに、寒さにふるえながら、この二人は朝の六時に祈ったという。讃美歌をうたい、聖書を読み、そして祈る。これが一時間近くもかかる。

遂にその信者は神経痛にかかった。祈りはじめて実に三百四十五日目のことであった。神経痛にかかったこの信者は、両腕、両足の痛みのあまり、もうこれ以上は祈ることができないというまでに、追いこまれた。

その日は、夜も祈禱会のある日で、例のごとく夜になって会が持たれた。聖書を読んだあと牧師は語った。

「人間の力が尽きて、もうこれ以上どうしようもなくなった時に、初めて神の力が働いてくださる」

と。その話を聞いたあと、会員たちは祈りはじめた。教会の祈禱会というのは、大体一人残らず祈る。こうして祈り終わった時だった。一人の紳士が教会を訪れた。牧師に面会したいというのである。牧師が話を聞くと、その紳士はいった。

「実はわたしは、ある教会の信者です。わたしは札幌の北部に八十五坪の土地を持っています。そこに十五坪の家を移築するつもりですので、どうかその家を伝道にお使いくださいませんか」

牧師も教会員たちも、夢かとばかりに驚いた。この教会は金もなかった。貧しい教会であった。だが、何とかして、キリストの言葉を伝えるために伝道所がほしいとねがっていた。不可能と見えるねがいであった。それが突如、見知らぬ紳士によって、伝道所が与えられることになったのだ。信者たちは男泣きに泣いて神に感謝したという。

このことの成った陰に、実に三百四十五日間、一日も欠かさない祈りがあったのだ。もし十日か二十日で祈りをやめてしまったなら……もし一カ月か二カ月で祈ることに疲れてしまったなら……恐らくこうした喜びは与えられなかったであろう。

これに似た話は、祈り深い牧師や信者の上に、往々にして起こるようである。こんな奇跡に似たことを、祈り深い人は少なからず経験するという。だからますます祈り深くなるにちがいない。

今年亡くなられた榎本保郎という牧師は、

「一度祈りの味をしめたら、やめることはできない」

といっておられた。味をしめるという言葉は奇異に聞こえるかも知れないが、しかし体験者にとっては的確な表現なのである。むろんそれは単に物質の備えられたことを喜ぶのではない。神の確実な応答を喜ぶのである。これが祈りの味というものであろう。

岡山に孤児院をひらいた石井十次という人も、実に祈り深い人であったという。彼は多くの孤児を養っていたが、いつも金がなかった。あるのは孤児への愛と神への信頼だけであった。祈る時、いつも同じ場所で祈ったのであろう。その部屋の畳には、彼のひざの跡がくっきりとくぼんでいたと伝えられている。ひざがめりこむほどに、上体を屈《かが》めて必死に祈ったであろう姿が思われて胸を打たれる。こうした祈りによって、この孤児院の子供たちは、飢えることなく養われたのであった。

次に、私たちが親しく指導をいただいている四国鴨島の伊藤栄一牧師の体験を紹介したい。

当時伊藤先生は、山口県の防府《ほうふ》の教会の牧師であった。が、中国大陸伝道の志やみがたく、自費で中国に渡る決意をした。それを聞いて、中国までの切符を、ある信者の医師が買ってくれた。また、他の信者たちが、二円、三円と餞別《せんべつ》を出してくれ、いろいろな準備や整理をしたあと、尚五十円の金が残った。

昭和十三年のその頃、先生の謝儀は、月三十円であったから、五十円あれば、当分は大丈夫だと、先生は安心して出発することにした。

ところが出発の前日、先生は教会の会計から四十九円の借金をしていたことを思い出した。この借金は、先生自身のために借りた金ではなかった。教会の中にひどく困窮していた信者がいて、見るに見かねて、先生の名で会計から借りてやった金であった。この金を先生は返された。

五十円のうち、四十九円返したのだから、手もとに残ったのは一円である。先生は甚だ困った。いくら切符はあったとしても、たった一円では、途中の弁当代にも満たない。

かといって、餞別《せんべつ》を全部使ってしまったから、中国行きはやめましたというわけにもいかない。一旦会計係に金は返したものの、懐《ふところ》の事情を打ち明け、あらためて会計係から金を借りて行こうかとも思った。

そう決意して、会計係の家に出かけようとして、

（待てよ）

と先生は思われた。いつも自分は、信者たちに何といって説教してきたか。

「何を食べようか、何を飲もうか、あるいは何を着ようかといって思い煩《わずら》うな。これらのものは異邦人が切に求めているものである。あなたがたの天の父は、これらのものが、ことごとくあなたがたに必要であることをご存じである。先ず神の国と神の義とを求めなさい。そうすればこれらのものはすべて添えて与えられ

るであろう」

というキリストの言葉をもって、常に神への信頼を説いて来たはずである。その自分が、いざという時に、のこのこと会計係に金を借りに行くことなど断じてできない。確かに教会の会計には、借りようと思えば、少なくとも返しただけの金はある。一言いえば、会計係は喜んで貸してくれるだろう。それがわかっているだけに、先生は尚のこと借りることができなかった。

さりとて、一円の金では、どう考えても、中国大陸への出発は無理である。だが、出発は明朝に迫っている。

(そうだ。弟に借りよう)

先生はそうも思った。だが、弟は横浜にいる。今からでは電報を打っても間に合うわけはない。

(そうだ、門司のあの人に……)

門司駅は中国へ行く途中に通る。だが、そうは思ったものの、先生の心は晴れなかった。

(これではやはり、人を頼っているだけではないか。なぜ、父なる神に祈り求め

ないのか)

　そこで先生はひざまずいて祈りはじめた。

「父なる御神、わたしは負債を会計に返して、今たった一円しかありません。しかし、金を使ってしまって出発できないとは、いえません。わたしのメンツにかかわります。どうか必要なお金をお与えください」

　先生は繰り返し繰り返し、このように祈った。だが、その祈りにはあまりにも力がなかった。

(どうしてこのように、祈りに力がないのか)

　祈るのをやめて先生は考えた。そして気づいた。今、自分は、明日の朝中国に向かって出発できなければ、見送りに来た人たちに体裁が悪いと、自分のメンツだけを考えている。問題は自分のメンツなどではないではないか。神がこの自分を本当に中国のために必要とされるならば、たとえ一円の額しかなくても、祝福してくださるだろう。求むべきは神の栄光と神の御旨であって、自分の体面ではない。

　そう思い定めると、先生の祈りは、力と感謝にあふれた。

「神よ。一円の金を持って出発することが御旨でありますならば、わたしは一円の金を持って出発いたします。わたしが中国に出発することが、あなたの栄光になるのであれば、どうか出発させてください。しかし、御旨にかなわないなら、どうか出発をとどめてください。自分が病気になるとか、母の健康に支障が起きるという形で、とどめてください」

祈りに祈って、その夜遅く床に就かれた。

翌朝、目が覚めた。頭が痛くなっていないか。腹が痛くなっていないか。熱が出ていないかと思ったが、健康状態は至極よかった。また、母上にも何の変わりもなかった。

やはり、出発は神の御旨にかなうことかと、一円を懐中に防府《ほうふ》駅に向かった。駅には教会員や、知人たちが、大勢送りに来ていた。みんなはまさか先生が、一円しか持っていないなどとは夢にも思わない。だが先生の心は平安であった。その時、見送り人の何人かが、先生のそばに寄って来て、餞別《せんべつ》を差し出した。先生は驚いた。先生のつもりでは、餞別《せんべつ》をもらう所は、全部もらったと思っていた。

ところが、十三人の人が餞別《せんべつ》を差し出したのだった。みんなに送られて、先生は防府《ほうふ》駅を出発した。汽車の中で数えてみると、餞別《せんべつ》は三十円あった。

やがて汽車は下関《しものせき》に着いた。そこにも知人が見送りに出ていて、やはり餞別《せんべつ》をくれた。それが十五円であった。先生は感謝して九州に渡った。まだその頃関門トンネルはなかった。

九州に寄港すると知人が二人送りに来ていた。そしてまた餞別《せんべつ》をくれた。先生は船の中で、その二人がくれた餞別《せんべつ》の袋をあけた。あけた瞬間、先生はぴしりとむち打たれるような、厳粛《げんしゅく》な驚きを感じた。この二人からもらった餞別《せんべつ》は、二円ずつで計四円だったのである。つまり、三十円、十五円、四円、合計四十九円であった。

先生は、船の中で、涙にむせんで神に感謝した。先生が、貧しい人のために、教会から借りて、そして返済した金額は四十九円であった。神は祈りを聞かれ、その四十九円を、そっくりそのまま、一銭の過不足もなく、与えてくださったのである。これこそ、中国伝道に出発する、神の大いなる餞別《せんべつ》であった。それは正に、神は生きてい給うという、神からの呼びかけであり、応答でもあった。そしてまた、中国伝道において、いかなる困難があろうとも、常に神がともにおられるという励ましでもあった。

先生はその時つくづく思われたそうだ。ハドソン・テーラーという大伝道者が、その名も知られていない頃、僅か二円を持って中国に渡った。ところがその時、他の宣教師たちは、あまりに貧しいハドソン・テーラーに対して、

「たった二円で、伝道をはじめるのは、神の恥さらしである。即刻帰国せよ」

と迫った。だがその時、無名のハドソン・テーラーはにっこりと笑って答えた。

「わたしには二円しかない。だが二円にプラス、グレーシャー（神の恩恵）がある。これだけあれば、十分に中国伝道はできる。〈エホバ・エレ（主の山に備えあり）。神は生きていられる〉」

このエピソードに、自分は感動していたはずではないか。

「そうだ、まことにエホバ・エレである」

こうして、先生は玄界灘の荒波を、喜びにあふれて中国へと渡って行ったのであった。

　後年、この話を賀川豊彦先生に、伊藤先生が話したところ、賀川先生は膝を叩いて、

「あるある！　そんなことが、おれにも何度もあった」

　といわれたそうだ。おそらくこうしたことは、真剣に祈りの生活をしている人たちにとっては、

「あるある、わたしにも同じことがあった」

　と、膝を叩くことではないかと、私は思うのである。そして私たち夫婦も、小さな祈りながら、幾度その祈りが、まことにふしぎな形をもって聞かれたことか、数知れない。

　世には、神がいないとか、神は人間がつくったものだとかいう人々がたくさんいる。私もまた昔は、そう思っていた一人であった。だが確実に祈りに答えてくださる神を思う時、私はこの祈りについて、書かずにはいられなかった。

　文才からいえば、未だに私はまことに貧しい者である。だがそんな私が、十三年前、朝日新聞の懸賞小説に応募して、七百三十一名もの応募者の中から選ばれたということは、やはり祈りが聞かれたとしか思えないのである。

むろん、聞かれない祈りというものもある。だがそれもまた、神の御心《みこころ》なのであろう。幼い子が、いくらねだっても、私たち大人が決して与えないものがたくさんある。三歳の童児に自動車を買ってやる親はいないし、家を建ててやる親もいない。ピストルや刃物を与えることもしない。それは、親に愛がないからではなく、親に愛があるからだ。

また、神が祈りを聞かれないかに思われる時期がある。私にも経験があるが、五年間祈っても信者にならなかった人が、六年目に信者となり、今では教会の内外で、実によい働きをしている。

たとえ、祈りが聞かれても聞かれなくても、私たちは人間として、聖なる神に祈り求めつつ生きて行こう。それは、自分のためというよりは、神のためなのだ。人間は神のために生きるようにつくられている。神にそむいて生きて、真に幸せになった人を、私は知らない。常に神に聞き、神に祈り求めて、生きていただきたいとねがってやまない。

第十二章　祈りは世界を変える

第十二章　祈りは世界を変える

平和をつくり出す人たちは、さいわいである。
「マタイによる福音書」第五章九節

祈りについて、以上少しく述べてきたが、これで祈りの重要性をすべて語りつくしたわけではない。恐らく、祈りについてすべてを語りつくすということは、誰にもできないことなのではないか。これほどに祈りの奥は深く、幅は広い。いままで祈った人の数だけ、祈りについて語るべき言葉はあるのではないか。私はそう思うのである。

これから述べることは、過日ＮＨＫの人生読本でふれたことだが、いままたここで述べてみたい。この話は、いままで幾度か、多くの先輩たちによって語られてきたことである。そして、読まれてきたことである。それだけ、人の心を捉えてきたということかも知れない。

何十年も前のこと、金沢の近くに、長《なが》尾《お》巻《まき》という牧師がおられた。この牧師は、仏教の盛んな地に開拓伝道を始められた。開拓伝道とは、信者のいない地に、教えをひろめていくことで、これは大変困難な仕事なのである。信者がいないのだから献金はない。説教を聞きに来る者もない。

だがこの長尾牧師は実に五年間というもの、人一人来ない所で、毎日曜日、熱弁をふるわれたという。礼拝説教である。礼拝は日曜毎にキリスト者の守ることである。信者が来ようが来まいが、長尾牧師は牧師としてその礼拝説教をつづけたのである。聞いていたのは夫人とその膝に抱かれた幼子だけであったとか。

もし私が伝道者であったとしたら、来る日曜も来る日曜も、誰一人来ない所で、説教することなど、とてもできないと思う。ましてや、熱弁をふるうことなど、できる筈もない。馬鹿馬鹿しくなり、むなしくなり、絶望して、そんな町から立ち去りたくなるだろう。

だが、長尾牧師は絶望しなかった。なぜ、絶望しなかったのか。それは恐らく、長尾夫妻が心を合わせて祈ったからにちがいない。神を信じていたからにちがいない。一年、二年、三年、誰一人来ない所で、説教はつづけられていった。それはどんなに忍耐を要することであったろう。しかも、貧しさは現実のことであった。

人が絶望する時に、絶望しないということは、それだけでも大変なことだ。人が自分の生活を投げ出したくなる時に、投げ出さないということは、すばらしいことだ。キリスト教の開拓伝道には、多かれ少なかれ、この絶望的な状態がつづくものだ。それを乗り超えたところに教会ができてきたのである。

この長尾牧師は、実に愛の深い人であった。迫害の中にありながら、貧しい中にありながら、くじけずに伝道し、人々へのあたたかい愛に燃えていた。その愛を語るエピソードは数々あって、乞食を愛した話も有名である。

乞食が来ると、必ずあたたかい米の飯を炊き、それを握り飯にして与えたという。ふだん自分たちは麦飯を食べていたにもかかわらず、そうしたというのである。人がそれを見咎《とが》めて、

「何もわざわざ、炊いてまで乞食に食わせることはない」

　と言ったところ、夫人は言った。

「あの人たちは、いつも冷や飯や残飯をいただくばかりで、あたたかいご飯を食べたことがないのです」

　こう言って、これをつづけたという。

　ある年の元旦のこと、人々が初日を拝みに山に登った。ところが乞食たちの一群が、その日に背を向けて手を合わせている。で、

「日の出はこっちだ」

　と注意をすると、乞食たちは、

「わたしたちは太陽を拝みに来たのではありません。長尾先生に手を合わせに来たのです」

　と、答えたという。

　先生がこの地を去る時、乞食たちが駅の改札口に押しかけ、ひと目でいいから先生を送らせてくれと哀願した。駅員がその真情を汲み取り、無料でプラットホームに一団を入れたという。

　これほどまでに恵まれぬ人を愛することのできたのは、やはり神への深い信頼

と、祈りがあったからにちがいない。

「不機嫌は伝染する」

という諺《ことわざ》がある。誰かが一人不機嫌な顔をしていると、それが次々と他の人にいやな思いを抱かせるということなのだろう。その反対に、愛も伝染するのかも知れない。

この貧しい長尾牧師の家に、更に貧しい神学生がころがりこんだ。この神学生は、貧しいばかりではなく、肺結核を病んでいた。

私が肺結核にかかったのは、昭和二十一年であったが、当時でさえ、私とすれちがう子供たちは、口をふさいで急いで逃げたものだ。見舞いに来た親戚の中には、部屋に入らず、廊下から声をかけただけで帰って行った者もいる。

肺結核は伝染病であり、しかも死亡率の決して低くない、恐ろしい病気であったから、人が恐れるのは無理はない。明治、大正、いや昭和の初期であっても、ひとたび結核を病むと、借家からさえ追い出されたといわれる。むろん、間借りも下宿もできない。そうした忌み嫌われる病気が肺結核であった。

この貧しく、且《か》つ胸を病む神学生を、長尾牧師夫妻は、家族の一員のように扱ったのである。幼い子供たちもいる。牧師自身貧しい。断ろうと思えば、断ることはできた筈だ。時をきらわず喀血《かっけつ》するこの神学生を斥《しりぞ》けても、誰も文句は言えない筈だ。だが、この夫妻は、実に尽くせる限りの愛を尽くして、優しく遇してくれたという。

この神学生は、そこで、

「信仰は愛である」

と、身をもって知ることができた。愛とは、語ることではなく、実践することだと、神学生は知った。この神学生こそ、後に「世界の賀川」と言われた賀川豊彦牧師である。

賀川牧師は、後に神戸の新川という貧民街に飛びこんで、愛の伝道者として、その名を世界に馳せた。

「愛とは尻ぬぐいをすることである」

と、賀川牧師はよく言われたそうだが、それは恐らく、長尾牧師夫妻の愛の中に発見した言葉にちがいない。

私はよく思うのだが、人間という者は、人からどれほど愛を受けても、恩を受けても、それをしっかりと受けとめることはできないものだ。愛を受けとめるということ、恩を受けとめるということ、これは、愛し返せばよい、何かをして恩を返せばよい、というような安手なものではない。受けとめるということは、その人の生きたように、自分もまたその生き方を受けつぐことである。

賀川豊彦牧師の偉さは、この受けとめることを、しっかとなし得たところにある。

「信仰とは愛である」

と受けとめ、

「愛とは尻ぬぐいである」

と、それを実践したところにある。

ところでこの賀川豊彦牧師も、実に祈りの人であったと聞く。特に貧しい人、体の弱い人、人より何か劣っている人に対する愛は深く、その詳細は当時のベストセラー『死線を越えて』に出ているが、祈りは更に、社会のため、世界のためにと、広汎に及んでいた。

賀川牧師自身、尚幾度か喀血《かっけつ》し、病に悩まされ、貧に喘ぎながら、隣人のために祈りつくすことをやめなかった。

ある朝、賀川牧師の姿が家の中に見えない。どこに行ったのかと賀川夫人が探しに出たところ、何と賀川牧師は、貧民街の共同便所の傍で、うずくまって祈っていたという。それは、

「どうかこの賀川を世界に伝道するために、お使いください。アメリカにヨーロッパに遣わしてください」

という祈りであった。その日の糧にもこと欠く病人の祈れる祈りではない。さすがの夫人も、その祈りを聞いて、驚き呆れたという話である。

こう聞くと、賀川牧師は自分の置かれた状況さえ判断のできない人間かと思う人がいるかも知れない。只我武者羅《がむしゃら》に、「神様神様」と手を合わせていた人であると思うかも知れない。

だが賀川牧師は、非常に優れた学者でもあった。理論家でもあった。貧しい人たちのための生活共同組合や、当時下積みになっていた農村共同体の結成にあずかって力のあった人である。当時の社会において、組織を持たぬ農村を、一つの

共同体に推進することは、さぞ至難なことであったろうと想像される。よほどの緻密な現状把握と、確かな理論、そして官憲を恐れぬ勇気がなければできぬ大仕事であった。

　共同便所の傍で、夫人を呆れさせるような祈りをしていた賀川牧師は、その十年後には、祈ったとおりに、ヨーロッパに、アメリカにと招かれて、伝道をすることになった。

　こうして、次第に、かつて住む所もなかった貧しい神学生が、世界の賀川となっていったのである。それは正に奇跡とも言える事実であった。

　賀川牧師は、後にアメリカに学んだが、教授からよく本を借りて読んだ。が、借りるや否や、二、三日経《た》つとすぐに返しに来る。次の本も次の本も、すぐに返すのである。それで教授は、

(賀川は、本を借りていくが、ろくに読んでいない)

　と思って、質問した。

「君、この本をもう読んだのか」

「はい、読みました」

「では、百頁あたりには何が書いてある？」

答えられまいと思って尋ねたところ、

「はい、これこれについて書いてあります」

と、打てばひびくような返事が返ってきた。教授は驚いて、次々と質問した。何れも鮮やかな答えであった。教授は感歎して言った。「今後は、わたしの許可なしに、この書棚の本を自由に持っていって読むがいい」と。

これほどの勉強家であったから、実に博学多識で、専門の神学はもとより、文学に哲学に、更には政治学に、一般科学に、甚だ造詣が深かった。賀川牧師の残されたぼう大な著書を読むと、それがいかに事実であったか、よくわかるのである。

大きな仕事をする人は、その祈りも多いということを私は先に述べたが、賀川牧師もまた、実に祈る人であった。祈るということは、真の神を信じているということだ。信じていなければ、それは単なる独り言に過ぎない。祈れるということはそれだけ神への信頼が厚いということだ。共同便所の傍で、声を上げて祈っていた賀川牧師である。恐らく祈り心があふれると、傍に誰がいようと、雑沓の中であろうと、野原の中であろうと、乗り物の中であろうと、熱心に祈ったであろうことは、想像に難くない。

私の存じ上げている本田弘慈牧師や、伊藤栄一牧師も、そのように祈るので、賀川牧師も、全くそうであったろうと思う。

しかも賀川牧師は、しばしば熱涙と共に祈ったという。特に中国、朝鮮、東南アジアの諸国のために、毎日熱い愛の思いをもって祈ったという。

後に、第二次世界大戦が勃発《ぼっぱつ》し、日本は大陸に兵を出した。中国は戦火にさらされた。各地で、罪もない女、子供が殺され、中でも南京殺戮《さつりく》は、ドイツのガス室に比肩されるほどに、残虐を極めた。時の中国の総統蔣介石はこう言ったと伝えられている。

「日本はひどい。日本は残虐だ。だが今日も賀川先生が熱涙をもってこの中国のために祈っていることを思うと、日本を憎み切ることはできない」と。

こうして、幾年かの後、日本は負けた。当時中国には、日本兵及び日本の民間人が二百余万人もいたといわれる。敗戦国民となったその二百余万人の日本人たちは、中国人の仕返しをひどく恐れた。

戦争中、中国人を圧迫し、残虐な扱いをした日本人にとって、それは当然の恐怖であった。樺太にいた日本人の多くは、ソ連軍のために艦砲射撃や空襲で殺された。アメリカにいた日本人も、多く俘虜《ふりょ》収容所に入れられた。

だが、中国にあった日本人はどうであったか。驚くべきことに、帰国を欲した者は、全員無事に帰ることができたのである。

それはなぜか。蔣介石の次の言葉によってであった。

「日本人に危害を加え、その物資を掠める者は極刑に処す」

この布告によって、中国にいた日本人は無事に帰国できたのだ。いや、そればかりではない。蔣介石は、自国を荒らされ、多くの民を殺されながら、日本に対して賠償金の請求もしなかった。

敗戦当時更に次のようなこともあった。「日本分割説」である。北海道及び東北はソ連に、四国・九州は中国に、その他はアメリカに領有されるという案がソ連から出された。が、これに極力反対したのがこれまた蔣介石であった。蔣介石は、賀川豊彦牧師の熱い祈りを忘れることができなかったと言われている。

こう考えてくる時、私は改めて、一人の人の祈りの大きさを思う。もし長尾牧師が五年間誰一人来ない教会において、絶望していたとしたら、世界の賀川は生まれていなかったであろう。何の報いられるところがなくても、神に信頼して祈っていたからこそ、賀川牧師が生まれた。だがもし、賀川牧師が祈りの人でなかったならば、蔣介石の胸を激しく打つことはなかったであろう。すると、日本はあるいはばらばらに分断されて、世界の地図から消えていたかも知れない。賀川牧師の絶えざる祈りが、日本を救うのに、いかに大きくあずかっていたか。改めて私は、一人の人間の祈りの偉大さを思わずにはいられないのだ。

私たちはともすれば、自分一人ぐらい、どう生きてもかまわないと、思い勝ちなものである。だが、長尾牧師を思い、賀川牧師を思う時、私たちのその思いは正される。一人の生き方は大事なものだ。その生き方を支える祈りは、大切なものだ。誰が知らなくてもいい。誰に見られなくてもいい。私たちは人間として祈るべきことを、真実こめて祈って生きていきたい。自分の魂のため、家族の生き方のため、隣人の幸福のため、日本の政治のあり方のため、ソ連のため、アメリカのため、中国のため、韓国のため、北朝鮮のため、台湾のため、東南アジアのため、ヨーロッパのため、南米のため、オーストラリアのため、すべての人々のために、愛と謙遜をもって、祈っていきたい。世界の一人一人が、そうした祈りを持つ時、自分も変わり、世界も変わるのではないだろうか。

〈底本について〉

この本に収録されている作品は、次の出版物を底本にして編集しています。

「三浦綾子全集　第十七巻」主婦の友社　1992年2月5日（第1刷）

〈聖書の引用について〉

本文中の聖書の言葉は、すべて『口語訳聖書』（日本聖書協会）からの引用です。

〈差別的表現について〉

作品本文中に、差別的表現とも受け取れる語句や言い回しが使用されている場合がありますが、作品が書かれた当時の時代背景や、著者が故人であることを考慮して、底本に沿った表現にしております。ご諒承ください。

三浦綾子とその作品について

三浦綾子　略歴

1922　大正11年　4月25日
北海道旭川市に父堀田鉄治、母キサの次女、十人兄弟の第五子として生まれる。

1935　昭和10年　13歳
旭川市立大成尋常高等小学校卒業。

1939　昭和14年　17歳
旭川市立高等女学校卒業。
歌志内公立神威尋常高等小学校教諭。

1941　昭和16年　19歳
神威尋常高等小学校文珠分教場へ転任。
旭川市立啓明国民学校へ転勤。

1946　昭和21年　24歳
啓明小学校を退職する。
肺結核を発病、入院。以後入退院を繰り返す。

1948　昭和23年　26歳
幼馴染の結核療養中の前川正が訪れ交際がはじまる。

1952　昭和27年　30歳
脊椎カリエスの診断が下る。
小野村林蔵牧師より病床で洗礼を受ける。

1954　昭和29年　32歳
前川正死去。

1955　昭和30年　33歳
三浦光世と出会う。

1959　昭和34年　5月24日　37歳
三浦光世と日本基督教団旭川六条教会で中嶋正昭牧師司式により結婚式を挙げる。

1961　昭和36年　39歳
新居を建て、雑貨店を開く。

1962　昭和37年　40歳
『主婦の友』新年号に入選作『太陽は再び没せず』が掲載される。

1963　昭和38年　41歳

朝日新聞一千万円懸賞小説の募集を知り、一年かけて約千枚の原稿を書き上げる。
1964　昭和39年　42歳
朝日新聞一千万円懸賞小説に『氷点』入選。
朝日新聞朝刊に12月から『氷点』連載開始（翌年11月まで）。
1966　昭和41年　44歳
『氷点』の出版に伴いドラマ化、映画化され「氷点ブーム」がひろがる。
『塩狩峠』の連載中から口述筆記となる。
1981　昭和56年　59歳
初の戯曲「珍版・舌切り雀」を書き下ろす。
旭川市公会堂にて、旭川市民クリスマスで上演。
1989　平成元年　67歳
結婚30年記念CDアルバム『結婚30年のある日に』完成。
1994　平成6年　72歳
『銃口』刊行。最後の長編小説となる。
1998　平成10年　76歳
三浦綾子記念文学館開館。

1999　平成11年　77歳
10月12日午後5時39分、旭川リハビリテーション病院で死去。

没後

2008　平成20年
開館10周年を迎え、新収蔵庫建設など、様々な記念事業をおこなう。

2012　平成24年
生誕90年を迎え、電子全集配信など、様々な記念事業をおこなう。

2014　平成26年
『氷点』デビューから50年。「三浦綾子文学賞」など、様々な記念事業をおこなう。
10月30日午後8時42分、三浦光世、旭川リハビリテーション病院で死去。90歳。

2016　平成28年
『塩狩峠』連載から50年を迎え、「三浦文学の道」など、様々な記念事業をおこなう。

2018　平成30年
開館20周年を迎え、分館建設、常設展改装など、様々な記念事業をおこなう。

2019　令和元年
没後20年を迎え、オープンデッキ建設、氷点ラウンジ開設などの事業をおこなう。
2022　令和4年
三浦綾子生誕100年を迎え、三浦光世日記研究とノベライズ、作品テキストや年譜のデータベース化、出版レーベルの創刊、作品のオーディオ化、合唱曲の制作、学校や施設等への図書贈呈など、様々な記念事業をおこなう。

三浦綾子　おもな作品（西暦は刊行年※一部を除く）

1962　『太陽は再び没せず』（林田律子名義）
1965　『氷点』
1966　『ひつじが丘』
1967　『愛すること信ずること』
1968　『積木の箱』『塩狩峠』
1969　『道ありき』『病めるときも』
1970　『裁きの家』『この土の器をも』
1971　『続氷点』『光あるうちに』
1972　『生きること思うこと』『自我の構図』『帰りこぬ風』『あさっての風』
1973　『残像』『愛に遠くあれど』『生命に刻まれし愛のかたみ』『共に歩めば』
『死の彼方までも』
1974　『石ころのうた』『太陽はいつも雲の上に』『旧約聖書入門』
1975　『細川ガラシャ夫人』

1976　『天北原野』『石の森』
1977　『広き迷路』『泥流地帯』『果て遠き丘』『新約聖書入門』
1978　『毒麦の季』『天の梯子』
1979　『続泥流地帯』『孤独のとなり』『岩に立つ』
1980　『千利休とその妻たち』
1981　『海嶺』『イエス・キリストの生涯』『わたしたちのイエスさま』
1982　『わが青春に出会った本』『青い棘』
1983　『水なき雲』『三浦綾子作品集』『泉への招待』『愛の鬼才』『藍色の便箋』
1984　『北国日記』
1985　『白き冬日』『ナナカマドの街から』
1986　『聖書に見る人間の罪』『嵐吹く時も』『草のうた』『雪のアルバム』
1987　『ちいろば先生物語』『夕あり朝あり』
1988　『忘れえぬ言葉』『小さな郵便車』『銀色のあしあと』
1989　『それでも明日は来る』『あのポプラの上が空』『生かされてある日々』
1989　『あなたへの囁き』『われ弱ければ』
1990　『風はいずこより』

1991　『三浦綾子文学アルバム』『三浦綾子全集』『祈りの風景』『心のある家』
1992　『母』
1993　『夢幾夜』『明日のあなたへ』
1994　『キリスト教・祈りのかたち』『銃口』『この病をも賜ものとして』
　　　『小さな一歩から』『幼な児のごとく――三浦綾子文学アルバム』
1995　『希望・明日へ』『新しき鍵』『難病日記』
1996　『命ある限り』
1997　『愛すること生きること』『さまざまな愛のかたち』
1998　『言葉の花束』『綾子・大雪に抱かれて』『雨はあした晴れるだろう』
　　　『ひかりと愛といのち』
1999　『三浦綾子対話集』『明日をうたう命ある限り』『永遠に 三浦綾子写真集』
2000　『遺された言葉』『いとしい時間』『夕映えの旅人』『三浦綾子小説選集』
2001　『人間の原点』『永遠のことば』
2002　『忘れてならぬもの』『まっかなまっかな木』『私にとって書くということ』
2003　『愛と信仰に生きる』『愛つむいで』
2004　『「氷点」を旅する』

2007　『生きること ゆるすこと 三浦綾子 新文学アルバム』
2008　『したきりすずめのクリスマス』
2009　『綾子・光世　響き合う言葉』
2012　『丘の上の邂逅』『三浦綾子電子全集』
2014　『ごめんなさいといえる』
2016　『国を愛する心』『三浦綾子366のことば』
2018　『一日の苦労は、その日だけで十分です』
　　　『信じ合う　支え合う　三浦綾子・光世エッセイ集』
2020　『カッコウの鳴く丘』（小冊子）
2021　『雨はあした晴れるだろう』（増補復刊）『三浦綾子祈りのことば』
2022　『平凡な日常を切り捨てずに深く大切に生きること』
　　　『愛は忍ぶ　三浦綾子物語――挫折が拓いた人生』
　　　『三浦綾子生誕100年記念文学アルバム　――ひかりと愛といのちの作家』
2023　『三浦綾子生誕100年記念文学アルバム　――ひかりと愛といのちの作家　増補版』

三浦綾子の生涯

難波真実（三浦綾子記念文学館 事務局長）

三浦綾子は1922年4月25日に旭川《あさひかわ》で誕生しました。地元の新聞社に勤める父・堀田鉄治と母・キサの五番めの子どもでした。大家族の中で育ち、特に祖母の影響が強かったのでしょうか、お話の世界が好きで、よく本を読んでいたようです。文章を書くことも好きだったようで、小さい頃からその片鱗がうかがえます。13歳の頃に幼い妹を亡くし、死と生を考えるようになりました。この妹の名前が陽子で、『氷点』のヒロインの名前となりました。

綾子は女学校卒業後、16歳11ヶ月で歌志内《うたしない》市（旭川から約60キロ南）の小学校に代用教員として赴任します。当時は軍国教育の真っ只中。綾子も一途に励んでおりました。

そんな中で1945年8月、日本は敗戦します。それに伴い、教育現場も方向転換しました。教科書への墨塗りもその一例です。そのことが発端となってショックを受け、生徒たちへの責任を重く感じた綾子は、翌年3月に教壇を去りました。私の教えていたことは何だったのか。正しいと思い込んで一所懸命に教えていたことが、まるで反対だったと、失意の底に沈みました。

しかし一方で、彼女の教師経験は作品を生み出す大きな力となりました。『積木の箱』『泥流地帯』『天北原野』など、多くの作品で教師と生徒の関わりの様子が丁寧に描かれていて、綾子が生徒たちに向けていた温かい眼差しがそこに映しだされています。また、綾子最後の小説『銃口』で、北海道綴方《つづりかた》教育連盟事件という出来事を描いていますが、教育現場と国家体制ということを鋭く問いかけました。

さて、教師を辞めた綾子は結婚しようとするのですが、結納を交わした直後に病気にかかります。肺結核でした。人生に意味を見いだせない綾子は婚約を解消し、オホーツクの海で入水自殺を図ります。間一髪で助かったものの自暴自棄は変わらず、生きる希望を失ったままでした。そしてさらに、脊椎カリエスという病気を併発し、絶対安静という療養生活に入ります。ギプスベッドに横たわって身動きできない、そういう状況が長く続きました。

しかしある意味、この闘病生活が綾子の人生を大きく方向づけました。療養が始まって2年半が経《た》った頃、幼なじみの前川正という人に再会し、彼の献身的な関わりによって綾子は人生を捉え直すことになります。人はいかに生きるべきか、愛とはなにかということを綾子はつかんでいきました。前川正を通して、短歌を詠むようになり、キリスト教の信仰を持ちました。作家として、人としての土台がこの時に形作られたのです。

前川正は綾子の心の支えでしたが、彼もまた病気であり、結局、綾子を残してこの世を去ります。綾子は大きなダメージを受けました。それから1年ぐらい経《た》った頃、綾子が参加していた同人誌の主宰者によるきっかけで、ある男性が三浦綾子を見舞います。この人が、三浦光世。後に夫になる人です。光世は綾子のことを本当に大事にして、愛して、結婚することを決めるのです。病気の治るのを待ちました。もし、治らなくても、自分は綾子以外とは結婚しないと決めたのですが、4年後、綾子は奇跡的に病が癒え、本当に結婚することができたのです。

結婚した綾子は雑貨店「三浦商店」を開き、目まぐるしく働きます。そんな折に弟から手渡された朝日新聞社の一千万円懸賞小説の社告を見て、1年かけて約千枚の原稿を書き上げました。それがデビュー作『氷点』。42歳の無名の主婦が見事入選を果たします。テレビドラマ、映画、舞台でも上演されて、氷点ブームを巻き起こしました。一躍売れっ子作家となった綾子は『ひつじが丘』『積木の箱』『塩狩峠』など続々と作品を発表します。テレビドラマの成長期とも重なり、作家として大活躍しました。光世は営林局に勤めていたのですが、作家となった綾子を献身的に支えました。『塩狩峠』を書いている頃から綾子は手が痛むようになり、光世が代筆して、口述筆記のスタイルを採るようになりました。それからの作品はすべてそのスタイルです。光世は取材旅行にも同行しました。文字通り、夫婦としても、創作活動でもパートナーとして歩みました。

1971年、転機が訪れます。主婦の友社から、明智光秀の娘の細川ガラシャを書いてくれとの依頼があり、翌年取材旅行へ。これが初の歴史小説となり、『泥流地帯』『天北原野』『海嶺』などの大河小説の皮切りとなりました。三浦文学の質がより広く深くなったのです。同じく歴史小説の『千利休とその妻たち』も好評を博しました。

ところが1980年に入り、「病気のデパート」と自ら称したほどの綾子は、その名の通り次々に病気にかかります。人生はもう長くないと感じた綾子は、伝記小説をその頃から多く書きました。クリーニングの白洋舎を創業した五十嵐健治氏を描いた『夕あり朝あり』は、激動の日本社会をも映し出し、晩年の作品へとつながる重要な作品です。

1990年に入り、パーキンソン病を発症した綾子は「昭和と戦争」を伝えるべく、最後の力を振り絞って『母』『銃口』を書き上げました。〝言葉を奪われる〟ことの恐ろしさと、そこに加担してしまう人間の弱さをあぶり出したこの作品は、「三浦綾子の遺言」と称され、日本の現代社会に警鐘を鳴らし続けています。

綾子は、最後まで書くことへの情熱を持ち続けた人でした。そして光世はそれを最後まで支え続けました。手を取り合い、理想を現実にして、愛を紡ぎつづけた二人でした。

そして1999年10月12日、77歳でこの世を去りました。旭川を愛し、北海道を〝根っこ〟にして書き続けた35年間。単著本は八十四作にのぼり、百冊以上の本を世に送り出しました。今なお彼女の作品は、多くの人々に生きる希望と励ましを与え続けています。

この「手から手へ～三浦綾子記念文学館復刊シリーズ」は、〝紙の本で読みたい〟という三浦綾子文学ファンの声に応えるため、絶版や重版未定のまま年月が経過した作品を、三浦綾子記念文学館が編集し、本にしたものです。

〈シリーズ一覧〉

(1)三浦綾子『果《は》て遠《とお》き丘《おか》』(上・下) 2020年11月20日(四六判)
(2)三浦綾子『青《あお》い棘《とげ》』2020年12月1日(四六判)
(3)三浦綾子『嵐《あらし》吹《ふ》く時《とき》も』(上・下) 2021年3月1日(四六判)
(4)三浦綾子『帰《かえ》りこぬ風《かぜ》』2021年3月1日(四六判)
(5)三浦綾子『残像《ざんぞう》』(上・下) 2021年7月1日(四六判)
(6)三浦綾子『石《いし》の森《もり》』2021年7月1日(四六判)
(7)三浦綾子『雨《あめ》はあした晴《は》れるだろう』(増補) 2021年10月1日(四六判)
(8)三浦綾子『広《ひろ》き迷路《めいろ》』2021年10月30日(四六判)
(9)三浦綾子『裁《さば》きの家《いえ》』2023年2月14日(四六判)
(10)三浦綾子『積木《つみき》の箱《はこ》』2023年8月15日(四六判)

(11)三浦綾子『天《てん》の梯子《はしご》』　2024年4月4日（文庫版）
(12)三浦綾子・三浦光世『愛に遠くあれど』　2024年4月25日（文庫版）
ほか、公益財団法人三浦綾子記念文化財団では、記念出版、横書き・総ルビシリーズなどの出版物を刊行しています

〔読書のための「本の一覧」のご案内〕

三浦綾子記念文学館の公式サイトでは、三浦綾子文学に関する本の一覧を掲載しています。読書の参考になさってください。左記URLあるいはQRコードでご覧ください。

https://www.hyouten.com/dokusho

ミリオンセラー作家《さっか》　**三浦綾子《みうらあやこ》**

1922年《ねん》北海道《ほっかいどう》旭川《あさひかわ》市《し》生《う》まれ。小学校《しょうがっこう》教師《きょうし》、13年《ねん》にわたる闘病生活《とうびょうせいかつ》、恋人《こいびと》との死別《しべつ》を経《へ》て、1959年《ねん》三浦光世《みうらみつよ》と結婚《けっこん》し、翌々《よくよく》年《ねん》に雑貨店《ざっかてん》を開《ひら》く。

1964年《ねん》小説《しょうせつ》『氷点《ひょうてん》』の入選《にゅうせん》で作家《さっか》デビュー。約《やく》35年《ねん》の作家生活《さっかせいかつ》で84にものぼる単著作品《たんちょさくひん》を生《う》む。人《ひと》の内面《ないめん》に深《ふか》く切《き》り込《こ》みながらそれでいて地域風土《ちいきふうど》に根《ね》ざした情景描写《じょうけいびょうしゃ》を得意《とくい》とし〝春《はる》を待《ま》つ〟北国《きたぐに》の厳《きび》しくも美《うつく》しい自然《しぜん》を謳《うた》い上《あ》げた。1999年《ねん》、77歳《さい》で逝去《せいきょ》。

MIURA AYAKO LITERATURE MUSEUM
三浦綾子記念文学館
www.hyouten.com

〒070-8007 北海道旭川市神楽7条8丁目2番15号
電話 0166-69-2626　FAX 0166-69-2611
toiawase@hyouten.com

天《てん》の梯子《はしご》

手から手へ ～ 三浦綾子記念文学館復刊シリーズ ⑪

二〇二四（令和六）年四月四日　初版発行
二〇二四（令和六）年八月七日　第四刷発行

著者　三浦綾子
発行者　田中綾
発行所　公益財団法人三浦綾子記念文化財団
〒〇七〇―八〇〇七
北海道旭川市神楽七条八丁目二番十五号
電話　〇一六六―六九―二六二六
https://www.hyouten.com
価格は裏表紙に表示してあります。
印刷・製本　株式会社グラフィック

 ISBN 978-4-910881-09-6